# O PINTOR DE RETRATOS

Luiz Antonio de Assis Brasil

# O PINTOR DE RETRATOS

**O ROMANCE DO ANO/2001**

Prêmio Machado de Assis - Fund. Biblioteca Nacional

1ª edição: maio de 2001
6ª edição: janeiro de 2008

*Capa*: Ivan Pinheiro Machado sobre retrato de Sara Bernhardt feito por Nadar
*Revisão*: Renato Deitos e Jó Saldanha

ISBN 978-85-254-1086-3

| | |
|---|---|
| A848p | Assis Brasil. Luiz Antonio de, 1945-<br>O pintor de retratos / Luiz Antonio de Assis Brasil – 6 ed. –<br>Porto Alegre: L&PM, 2002.<br>182 p. ; 21 cm<br><br>1. Ficção brasileira-Romances. I. Título.<br><br>CDD 869.93<br>CDU 869.0(81)-3 |

Catalogação elaborada por Izabel A. Merlo, CRB 10/329.

© Luiz Antonio de Assis Brasil, 2001
Foto da capa: © Paul Nadar / Arch. Phot. Paris / CMN, Paris

Todos os direitos desta edição reservados a L&PM Editores
Rua Comendador Coruja 314, loja 9 – Floresta – 90.220-180
Porto Alegre – RS – Brasil / Fone: 51.3225.5777 – Fax: 51.3221-5380
Pedidos & Depto. Comercial: vendas@lpm.com.br
Fale conosco: info@lpm.com.br
www.lpm.com.br

Impresso no Brasil
Verão de 2008

*Cada qual é como Deus o fez –
e às vezes, ainda pior.*

CERVANTES

*Na verdade, o homem é de natureza pouco definida,
extremamente desigual e variado.
É difícil julgá-lo de maneira decidida e única.*

MONTAIGNE

*Para Monica Hallberg, Pascal,
Célie e Lena-Lou, em Paris.*

# PARTE I

# 1

Embora os descaminhos futuros, Sandro Lanari nasceu pintor. Seu pai era pintor, seu avô também o fora, e assim por anteriores seis gerações, todos foram pintores. Nenhum ficou rico. Depois de dois séculos obscuros em Vicenza, mudaram-se para Ancona, apreciado porto do Adriático. O bisavô erigira-se em celebridade doméstica ao pintar o retrato do Cardeal-Arcebispo Medardo da Rimini, o Manco; ganhara com isso um anel de safira rósea que se tornou objeto de veneração por caber no dedo médio dos seus descendentes masculinos. O avô negociara aquarelas de porta em porta, empobrecendo a raça e contraindo doenças. Morreu como interno do Lazzaretto, no exato instante em que a cozinheira destampava o tarro do leite e este apareceu talhado. As freirinhas imaginaram que o aquarelista fora destinado ao inferno. O pai, Curzio Lanari, após infância órfã e juventude imaculada, praticou pintura com o tio, seu tutor, e reassumiu o destino familiar dos retratos. Obtinha o necessário para sustento próprio, da mulher e três filhos. De sua casa avistava-se o mar.

A história de Sandro Lanari começou na adolescência. O pai, entregue ao hábito de freqüentar sacristias, dera-lhe como professor um dominicano surdo e velho, que carregava uma pasta de couro com remendos na alça. Ensinara ao pupilo as quatro operações, o catecismo, o cálculo da superfície dos triângulos, a literatura latina, a geografia da Itália e as virtudes de um moço católico. Curzio dissera "burro basta um, aqui". O resto da família era constituído por mulheres, bastando-lhes saber o que sempre souberam.

Sandro também aprendeu coisas práticas, como a preparar telas virgens: serrava grossas tábuas de cedro para separar as ripas necessárias à montagem dos chassis; usava o esquadro, ajustando cunhas de reforço nos cantos; estendia o linho belga por cima, prendendo-o com tachas de cobre. Sobre o tecido aplicava gesso amalgamado a cola obtida com a fervura das cartilagens de coelho, formando a base. Alisava bem. Secava-as à sombra. E as telas ficavam prontas para o pai.

Como Curzio não gostasse de nenhuma das tintas que havia no comércio, ensinou o filho a prepará-las com pigmentos orgânicos e minerais, usando a perfumosa resina de damar para amálgama. Sandro gostava de triturar os pigmentos. Usava para isso um pequeno almofariz de mármore. E as cores o encantavam com a mágica de suas origens: a púrpura das algas marinhas, o azul do cobalto, o quase-castanho da terra de Siena. Ele sequer imaginava como lhe seriam úteis esses conhecimentos.

Filho ajuizado, também era sua tarefa limpar com terebintina, e depois com sabão e água, os pincéis que o pai largava por cima da mesa como se fossem soldados mortos. O pai sempre fizera isso, e nenhuma pessoa se atrevia a perguntar-lhe a razão. Expressava-se em frases curtas e densas, que embaraçavam os ouvintes. Francesco Tebaldi, aquele pároco de San Pietro al Monte, notável por colecionar búzios que davam à praia, afirmava com certa maldade que Curzio Lanari jamais poderia ser um pregador. De fato, ninguém sabia o que Curzio pensava. Ele, em meio ao vazio das idéias, cultivava só uma certeza: a de que Sandro, por ser único varão e primogênito, seguiria seu ofício. Já a mãe, uma distraída, empenhava-se em que os filhos fossem gordos. Chorava ao menor desgosto.

Para o jovem, a fatalidade de tornar-se pintor transformou-se em agradável decisão ao erguer os olhos do tanque em que limpava os pincéis. Via, de novo, a deliciosa mulher que saía do atelier do pai. Imobilizou-se, num pânico de desejo. Era muito branca, muito perfumada, muito contente e tagarela. Chamava-se Catalina, e fazia-se retratar para dar uma finalidade às tardes de sábado.

Dessa forma, o sonho ganhava corpo a cada semana naquela ex-camponesa de fulvos cabelos ondulados. Ela se despedia do pai em meio a gritinhos, deixando-lhe umas cédulas de dinheiro. Então apontava para o mar com o leque, "oh, que lindo, um navio! de que nação será, de que terras distantes virá? o que trará nos porões, oh, as velas, que lindas". Sem esperar resposta, fechava o leque num risinho staccatto em escala ascendente, "adeus, até o próximo sábado..." Ficavam, pai e filho, vendo-a sumir na diminuta charrete, a qual partia tão veloz como sua gárrula ocupante. Numa dessas vezes, Curzio Lanari pousou a mão sobre o ombro de Sandro:

— Mulher bonita... — voltaram para o atelier, e o pai

ali ficou, fitando o retrato inacabado. Parou-se à distância, moveu a cabeça num gesto indecifrável: – ...uma puta...

Nem tanto: era apenas a amante do coronel do regimento.

De Curzio Lanari dizia-se ser "um bom homem". Nunca teria a necessária originalidade para ser infiel à esposa. A imaginação, ele a dedicava ao trabalho. O campo, assim, tornava-se livre para Sandro, nessa idade em que as funções glandulares o faziam esquecer as lições do bom dominicano. E a pseudocoronela significava algo diferente das empregadinhas da nobreza, que cheiravam a esfregão de cozinha, prestáveis para as emergências corporais, mas que não valiam o preço que pediam.

## 2

Sandro agora não cuidava do trabalho, pois tinha um bilhete no bolso. Embora experiência nova para ele, o papelinho trazia o rotineiro dos romances de Manzoni: um drama de amor. A bela Catalina assegurava-lhe, em meio aos garranchos de uma ortografia muito pessoal, que havia reparado nele, que ele era bonito como um cravo e, enfim, que o adorava.

Marcaram encontro e deram um passeio de charrete à Via Consolare. Em certo momento apearam. Sandro disse ao cocheiro que aguardasse um pouco. A paisagem antiquíssima da estrada pagã excitou-lhes os nervos, e amaram-se sob um carvalho, devorados pelas formigas. Só regressaram à Via mediante as grosseiras ameaças do cocheiro, que se aborrecia de esperar.

Encantadores eram os dias em que Catalina posava para Curzio. Sandro observava-a, rígida na poltrona, o olhar absorto nas lonjuras do mar. Ela possuía um perfil inexplicável, que despertava fome a quem o via. Uma vez ela perguntou a Sandro em que ele pensava naquelas ocasiões. O rapaz respondeu-lhe que pensava num pargo assado com cebolas, ao que Catalina irritou-se, mandou-o à merda e chamou-o de porco cão. Ressuscitava, com esse palavreado, sua rústica ascendência.

Foi esse o início de um período de tempestades recheadas por naturais trovões de cólera. Catalina não só palrava feito uma gralha, como era capaz de insultar com a mesma velocidade. O tumulto ultrapassou o término do retrato. Sandro, por muito jovem, imaginava serem eternas as paixões. Sempre encontrava motivos para reatar, e os perdões recíprocos eram cada vez mais patéticos.

As desavenças tiveram fim ante o cano de uma pistola. O coronel revelou-se decentemente enfurecido quando soube de tudo, e declarou que iria matar Sandro. Poucos conheciam o fato de que sua antiga amante não mais o interessava, e que, para ela, o coronel já pertencia ao inventário dos naufrágios amorosos. Mas uma pistola está acima dessas contabilidades do coração, e o jovem Sandro achou melhor bater em retirada depois de andar cinco dias com um punhal de opereta preso à cintura. Uma sina: homem feito, e em outras paragens, fugiria de um revólver norte-americano.

Catalina arranjou-se, e bem, colhendo as últimas letras de câmbio de um armador de barcos mercantes.

Sandro não aprendeu com esse fracasso juvenil. Não aprendeu que nessas coisas femininas é necessária uma ponta de audácia temperada com uma dose imensa de cautela. Só um perverso chamaria a isso de cinismo.

# 3

Terminou de crescer, adquirindo ossatura pesada e músculos de atlante. Os olhos ficaram míopes a ponto de não avistar um pássaro. Sagaz e com a *Eneida* decorada, amaldiçoava a necessidade de usar óculos, pois com eles parecia o fruto nervoso de algum seminário provinciano. Boa ou má, definia-se a figura com a qual atravessaria a vida.

Era dado a criar repentinas alegorias mentais, primeiro por imaginar que era o melhor exercício para um artista; mais tarde, por compulsivo hábito.

Viu nascer-lhe certo gosto pela aquarela. Fez uma paisagem de Ancona, cercada pela *Abundância* e a *Fortuna*, que seguravam uma faixa ondulante com os dizeres: *Ancona nobilissima*. Curzio proibiu-o daquelas besteiras, dizendo-lhe que as alegorias estavam em desuso, e que a aquarela já quase levara a família à ruína. Era hora de aprender pintura a sério. E para ganhar a vida, que fizesse retratos.

A natural simpatia de Sandro por essa especialidade, surgida com Catalina, não se dissipara com ela. Ao contrário, pensou em quantas catalinas teria a seu dispor, sendo pintor de retratos. Respondeu que lhe apetecia, sim, praticar o ofício da família. O pai encheu-se de vaidosa resignação:

— Então preciso ensiná-lo.

— Sei quase tudo. — E o provou na hora, fazendo a carvão o esboço de uma vendedora de peixes que todos os dias passava por ali. O pai deu-lhe uma semana para pintar a óleo o esboço. Via-o trabalhar. Dentro do prazo, Sandro entregou a Curzio a tela pronta, numa bela moldura de nogueira. O pai corrigiu-lhe as pinceladas, que deveriam ficar invisíveis, e com o polegar diretamente na tinta, esbateu o encontro entre os tons.

— Um quadro deve parecer que ninguém o pintou. — O resto da semana, com muito mistério, ensinou em pormenor a técnica da veladura: após uma camada bem verde de têmpera a ovo, aplicava camada sobre camada de tinta branca, amarela e carmim, muito diluídas em terebintina e verniz. Conseguia, assim, o belo rosado da carne de Catalina. — A arte, sem a ciência, não é nada — ele dizia. E deu de presente ao filho a obra clássica de Cenino Cenini, *Il Libro dell'Arte*, com receitas para o bom pintor. Era um exemplar amarelado, com respingos de tinta, e várias dobras nos cantos das páginas. Pertencera aos artistas Lanari desde que estes vieram para Ancona, e servia de trampolim ao gato Fedele quando saltava para a liberdade. Ao entregar o livro, Curzio recomendou: — Leia. Tudo está aí. Fabricação das tintas, amálgamas, tudo. Pode servir, um dia.

No fundo, ele reconhecia que o filho, até então visto abstratamente, adquirira bons saberes pictóricos. Não havia nada mais o que aprender em casa.

Uma tarde mandou Sandro arrumar-se como para ir à missa. Curzio, ele próprio, vestiu-se com o traje que escolhera para ser enterrado. Foram ao atelier do fotógrafo Paolo Pappalardo, na Piazza Roma, e fizeram-se retratar de pé, ao sol, ombro a ombro, espantados pela luz crua. Retendo uma cópia para si, Curzio deu a outra ao filho:
– Leve junto.
– Para onde, pai?

Já em casa, falaram-se por duas horas. A mãe às vezes chegava à porta, afastando as filhas: conversas entre homens sempre lhe pareciam devassas.

No outono Sandro estava em Paris. Evitaram a natural etapa artística de Roma: Curzio, que lera duas, mas suficientes páginas de Cesare Cantù, aborrecia a cidade papal como se ainda vagasse por suas ruas a libertinagem do Império. Mandara o filho à França com uma recomendação escrita a um artista conterrâneo, um "rapaz de grande talento", e que vivia na rue Monge, "com boa clientela".

Sandro levava as economias familiares, e com elas poderia viver meio ano. A partir daí, teria de prover a própria manutenção.

# 4

Em Paris não era famoso nem Monet, nem Manet, nem Pissarro, nem Degas, nem outros que viriam a habitar os museus do globo. Famoso era Nadar. A febre era Nadar. Todos saudavam Nadar. Não era pintor, mas fotógrafo. Isso não o impedira de uma atitude nobre, e cuja repercussão alcança os dias de hoje: franqueara seu atelier para que os primeiros impressionistas fizessem uma exposição, quando os salões oficiais os rejeitavam. Instalara-se por primeiro no boulevard des Capucines, mais tarde na rue d'Anjou, e passava por louco genial. A fama de insanidade obtivera-a ao fotografar Paris a bordo de um balão de hélio de 6.000 metros cúbicos, *Le Géant*. Foi a primeira foto aérea do mundo. Ele afirmava que a fotografia era uma arte superior. Por causa disso, Daumier desenhou-o suspenso no *Le Géant*, agarrado a sua câmara, a cartola arrebatada pelo vento. A legenda era: *Nadar elevando a fotografia a uma arte superior*.

Cansado de perseguir alturas, Nadar fotografou com luz artificial os esgotos e catacumbas de Paris. Essas quinquilharias de faits divers rendiam-lhe páginas e páginas de publicidade gratuita nos jornais.

Era também literato, tendo escrito um romance de juventude. Praticara a caricatura, com êxito: desenhara o célebre *Panthéon Nadar*, no qual estão representadas todas as sumidades da época.

Sua fama de gênio, entretanto, veio dos retratos. Todos se submetiam às suas objetivas: escritores, poetas, cientistas, músicos, filantropos, imperadores destronados e reinantes, ministros. Também belas mulheres desnudas, Madame Grandjean cantando seu papel em *Siegfried*, atrizes e concubinas de reis como Lola Montez. Mesmo o irritadiço Baudelaire, que dissera ser a fotografia capaz de arruinar o que restava de divino no espírito francês, mesmo Baudelaire posou para seu amigo Nadar. São as fotos mais expressivas do poeta.

Tais retratos, espalhados pelas vitrinas e galerias de arte, mais do que o rosto, mostravam a alma dos modelos. Ao simples olhar era possível dizer se aquela pessoa acreditava em Deus, se era socialista ou se gostava de costeletas de carneiro. E isso era uma completa novidade, num meio em que os retratos fotografados transformavam as pessoas em estátuas de giz.

Alguns atribuíam poderes mágicos a Nadar: tanto o ocultismo como as botinas de elástico estavam na moda.

## 5

Sandro Lanari tornou-se inquilino de um terceiro andar da rue du Chemin Vert, e não sabia da existência de Nadar. O gabinetto, como o chamou, era espaçoso o bastante para uma cama de ferro, um roupeiro, uma pequena mesa e sua cadeira, um fogãozinho redondo, de chaminé, e ainda lhe permitia trabalhar sem muitas limitações. Pôs sobre a mesa o livro de Cenino Cenini, o qual leria até a exaustão. Pregou na parede o retrato feito em Ancona por Paolo Pappalardo. Estavam ali: ele e o pai.

Como primeira providência, foi à rue Monge, à procura do artista indicado por Curzio. Era um infeliz, que desbaratava seu famigerado talento pintando florezinhas amarelas em bacias esmaltadas. Suas unhas eram queimadas de cigarro e queixava-se de nevralgias.

— Pintor de retratos? — dissera. — Conheço um.

E como uma espécie de gratificação, pedira dez francos emprestados.

Nesse dia, Sandro tomava como professor a René la Grange, com atelier na Place des Vosges nº 25. Ia lá todas as tardes. Entendia-se com ele na língua universal dos artistas. Mais tarde dominaria bem o francês.

La Grange era um homem baixo, enrugado, de boina, cheio de opiniões. Bebia meia garrafa de absinto por dia. Sua barba atingia a cintura. Desenvolvera um original método pedagógico: ele e o aluno pintavam o mesmo modelo, de modo que no final havia dois retratos muito semelhantes, um do perfil esquerdo e outro do perfil direito. Conhecia *Il Libro dell' Arte*, e o utilizava.

Ante os resultados de Sandro, estirava o beiço:

– Falta psicologia.

Sandro teve de consultar o dicionário *Littré*.

– Como, "falta psicologia"? – perguntou na aula seguinte.

– Falta personalidade ao retrato, algo que o faça viver. – E La Grange comemorou a frase servindo-se de um copinho.

Bastaram oito aulas para Sandro concluir que o professor mais bebia do que ensinava. Tinha de acordá-lo dos porres profundos. La Grange sentava-se, esfregava os olhos, apertava a cabeça como se quisesse arrancá-la do corpo, exclamava:

– Que lindo dia, o que eu faço dormindo?

Estando sóbrio, pintava bem. Seus retratos se assemelhavam aos de Curzio, mas eram dotados de um quê mais fluido. Sandro tentava imitá-lo, esmaecendo os contornos, trabalhando em tons suaves. Era difícil, pois logo se preocupava com os detalhes, como a reprodução exata de cada fio de cabelo do retratado.

– Esqueça os pormenores – dizia o professor. – Isso não se usa mais.

La Grange mostrava outros problemas: escravizava

os alunos. Mandava que Sandro fosse à esquina comprar absinto. Nas ocasiões professorais, dizia que os retratos deveriam melhorar a cara das pessoas. Um açougueiro poderia ter uma testa aristocrática, qual o crime?

– Porque ninguém quer ser retratado como é, mas como gostaria de ser. – De qualquer forma, argumentava ele, no futuro a real feição do homem passava a ser a do retrato.

Esses juízos aborreciam Sandro. Era dinheiro mal empregado, o que dava a La Grange. O inverno avançava e ele não aprendia coisa alguma.

# 6

Houve o dia em que ele saiu para a rua, a cabeça fervente. Pensava em trocar de professor. Caminhava ao longo da rue de Saint Antoine quando percebeu que alguém o observava. Voltou-se. O olhar vinha de uma vitrina. Não era uma pessoa. Era uma pessoa numa fotografia.

Uma jovem. De qualquer ângulo trazia gravado o espírito do modelo, a verdadeira psicologia. Uma alegre prostituta de olhos transparentes de luz, envolta num pano à romana, alvo, com borlas e franjas. À mostra ficavam os ombros de uma carnação firme, curva e saudável. Os cabelos negros, separados ao meio, eram as asas esvoaçantes da *Vitória de Samotrácia*. Ao pé do retrato, um cartão: *L'Actrice Sarah Bernhardt. Photo de Nadar.*

Nessa noite ele caminhava como um celerado pelo quarto. Dormiu às duas da madrugada e teve um sonho lascivo.

Ao amanhecer grudou-se à vitrina, a boca seca. Ali permaneceu por mais de hora. As pessoas esbarravam nele. Sarah Bernhardt fitava-o com um olhar de exasperante erotismo. As mãozinhas felizes, uma sobre a outra, eram minúsculos pássaros pousados, chamando para o amor.

Sandro entrou na loja e indagou se o retrato estava à venda. Não estava.

À tarde, foi ao atelier de La Grange, e entrou falando naquele fotógrafo, para ele desconhecido. Era um grande artista, a jovem saltava do retrato, tinha vida...

La Grange, pincel na mão, mirou-o num assombro de ofensa:

— Se você pensa que a fotografia é uma arte, está equivocado quanto ao que seja arte. Nós, os pintores de retratos, somos insubstituíveis, e sabe por quê, sabe? – e René La Grange já gritava. – Porque nenhuma fotografia conseguirá captar a psique do modelo! E isso porque a fotografia é uma máquina, tem a mesma natureza da locomotiva a vapor. Como pode um processo químico e físico substituir a emoção? – e La Grange não terminou, porque o álcool já o punha fora de si. Desamparava-se, cambaleava.

Ao vê-lo cair, Sandro levou-o às pressas à Salpêtrière. Ao obter alta, não por cura mas por indisciplina, professor e aluno tiveram uma discussão tremenda. Desse episódio resultou o rompimento. Sandro estacou à porta, o chapéu posto:

— Antes abandonar os pincéis do que chafurdar na lama da subserviência.

# 7

Voltou a errar pelas ruas. Sentia frio. Entrava nos cafés. Ali Paris ganhava calor e vida. Ficava em meio à fumaça dos charutos, gastando pouco, ouvindo ao redor a construção de sistemas filosóficos. Artistas, políticos, todos a um metro de distância. Ele vinha para uma mesa de canto e remexia sua chávena de moca com um pau de canela. No quarto, lia mais uma vez o livro de Cenino Cenini. Aquele título vago, aquele emaranhado de instruções, aquelas aulas práticas de como executar fórmulas, davam-lhe sono. Dormia com o livro sobre o peito.

Sem amigos a quem se confiar, buscava um substituto para René La Grange. Procurou o pintor de florezinhas em bacias e lhe disse que a indicação fora péssima, La Grange era uma fraude. Exigiu os dez francos que lhe emprestara; o outro indignou-se por ele estar preocupado com ninharias e deu-lhe as costas, sem pagar.

Sandro ia aos museus observar os retratos. Todos eram perfeitos, magistrais. Andava pela frente da Académie des Beaux Arts, entrava na Cour Bonaparte; amedrontado pela solenidade das estátuas e das colunas, lia dezenas de vezes os ferozes editais de ingresso. Levantando a gola da sobrecasaca, rosnava contra a presunção humana, que o separava de seu ideal artístico.

Desde que chegara, enviava cartas ao pai. Imensas de início, ficavam cada vez menores, e a última fora de cinco linhas. Não se agradava de mentir, e então falava a verdade sobre o preço dos jornais, o gosto do vinho e o movimento das ruas. O pai raramente respondia, e sempre através do pároco Francesco Tebaldi. Eram cartas secas, que terminavam com recomendações sobre a castidade e alguns adendos floreados de Tebaldi, dando conta dos acréscimos em sua coleção de búzios.

Mas não deixou de trabalhar. Trazia para o gabinetto qualquer um que, a preço de duas madeleines, aceitasse posar. Por ali passavam velhos extraviados, atrizes de variedades e pedintes de rua. Posavam alguns minutos, cansavam-se e exigiam dinheiro. Não pintava mal, sabia. Os rostos mostravam certa expressão, certa vivacidade. Aquele ancião, por exemplo, via-se até a trama do tecido do casaco. Não se percebia nenhuma pincelada. Mas faltava-lhe um lampejo do humano, que fizesse dizer "parece vivo".

Sorriu, irônico, olhando-se ao espelho: onde se escondiam as catalinas que tanto esperava retratar – e amar?

Viu duas novas fotografias de Nadar, expostas na vitrina do *Le Grand Magazin*. Acima, o dístico: *Les maîtres de notre temps*. Uma delas era de Alexandre Dumas, o filho. Sentado de viés numa cadeira, forte, trigueiro, os cabelos em carapinhas de leão núbio a coroar-lhe a cabeça enorme, Dumas exalava alegria de viver num sorriso que lhe enchia as bochechas. Ao lado, um retrato de Victor

Hugo no seu leito de morte. Jazia de perfil, magro e narigudo, em meio a uma auréola de santo, as barbas brancas abertas sobre o peito sem carnes. Nem era preciso dizer, sabia-se: tratava-se de um grande escritor.

Retornando ao gabinetto, Sandro encarou dois retratos ainda em seus cavaletes. Soltou um *ah!* de impotência e repulsa, e gritou tão forte que o som saiu pela janela e foi ouvido no térreo pela concierge do prédio, uma velhota gorda, com um gato no colo. Ela alçou a cabeça para o teto.

Ainda que Sandro não soubesse, Nadar entrara para sempre em sua vida.

## 8

Como um sonâmbulo, tangeu a campainha da rue d'Anjou. Calaram-se algumas vozes, lá dentro. Ouviu-se um "Entrez!" ríspido. O Mestre recebeu-o de modo displicente, sentado a uma grande mesa recoberta por uma toalha adamascada. O débil sol do inverno não chegava à sala. Sobre a mesa, esparramavam-se retratos de arlequins e mulheres nuas. Sandro logo reconheceu o retrato de Sarah Bernhardt. Um criado africano parava-se nas sombras, com uma bandeja de brioches. Aparentava estar ali desde a criação das eras.

Nadar levantou a cabeça. Atrás dele, um quadro com o diploma da Medalha de Ouro da Exposição Universal de 1878. Não era velho, mas um enorme bigode lhe aumentava a idade. Já a cútis, a reveladora, luzia como a de um infante. Era, via-se, daquelas pessoas que vivem à beira de uma explosão de ira. Mandou que Sandro sentasse e perguntou-lhe se vinha para uma foto ou cobrar alguma dívida. À resposta, manifestou uma irrequieta insolência:

– E por que deseja ser fotografado?

Sandro Lanari deu-se súbita conta de que estava

ante um homem raro. Paolo Pappalardo, em Ancona, jamais perguntaria isso a um freguês.

Mentiu que era para dar a fotografia à noiva. Nadar, áspero, levantou-se e mostrou-lhe a porta. Não fazia retratos para serem presenteados a futuras esposas. O casamento era uma tramóia da Igreja. Que procurasse um pintor. Sandro mentiu, num repente, que era para Arlette, a amante. A sala iluminou-se, e o sol banhou os cabelos de Nadar:

– Ah... agora fala um cavalheiro. Conte-me sua vida.

Sandro relatou tudo, o nascimento em Ancona, a profissão do pai, as esperanças. Em Paris tentava estudar com algum professor decente. Deixara La Grange, era um bêbado.

Nadar recostou-se melhor, pôs a mão no queixo, demonstrando risonho interesse. Eram interrompidos pelos ajudantes, que vinham receber ordens. Todos usavam avental, eram jovens e não cumprimentavam Sandro. Às vezes traziam vidros com líquidos, que Nadar destampava e cheirava.

Perto do meio-dia o Mestre disse, levantando-se:
– Estou pronto para fotografá-lo.

Conduziu-o ao estúdio montado na peça contígua. Sombria, revelava-se como um ambiente rico, forrado com tapetes orientais. No ar, um perfume de verbena. Mandou-o sentar numa cadeira de braços.

– Não pense que vou fotografá-lo à frente de ruínas, ou entre essas ridículas palmeiras que estão usando por aí, querendo imitar os retratos pintados. O modelo deve ser a força do retrato; o fundo é inútil. Está me entendendo?

E começou a trabalhar: prendeu a cabeça de Sandro por trás numa haste de ferro que terminava em forma de *U*. Acertou-lhe a gravata e disse para fechar o casaco. Foi a um canto e puxou uma alavanca presa à parede. Um macio sussurro de roldanas moveu parte do teto, deixando à vista um grande quadrado de vidro fosco que dava uniformidade à luz vinda do exterior.

À frente de Sandro, a máquina de fotografar, um inseto enorme, com três horrendas pernas.

— Temos sol mais forte, bom – disse Nadar.

E manejou os painéis brancos que caíam ao lado da cadeira como bastidores de teatro. Movimentava-os, criando inesperadas e variáveis zonas de sombras e luz. Achando tudo bem, foi até a máquina, ajustou a lente e tapou-a com o obturador. Escondeu a cabeça no pano negro que saía da máquina e trabalhou.

— Pense em alguma coisa aprazível. Pense na sua dama, pense em Arlette, por exemplo. — Descobriu-se: — Pense no que quiser. Seu temperamento não é feito para as coisas profundas. Acho-o bastante superficial. Deveria estudar comércio. Olhe para a câmara. Não pisque. Não se mova.

Sandro Lanari prendeu a respiração. Ouvia-se o tic-tac de um relógio. Por detrás da parede vinha o rumor de conversações curtas, muito técnicas.

Nadar tirou o obturador.

— Já puseram a bunda nessa poltrona Alexandre Dumas, Napoleão III, Victor Hugo, Gioacchino Rossini, D. Pedro II, o Imperador do Brasil, e outros menores. Porque o maior sou eu. Eles morrerão, mas minhas fotografias são eternas. – E deu uma risada curta. – Por enquanto meus modelos são fotografados sérios, mas logo que eu inventar uma forma de não precisar tanta exposição à luz, eles poderão rir, felizes. – Repôs o obturador. – Pronto.

Sandro levantou-se, zonzo. Os músculos doíam, os olhos ardiam, a cabeça latejava na marca do ferro.

O Mestre levou-o à saída. Parou, como lembrado, foi até o criado africano, pegou dois brioches da bandeja e deu-lhe um. Sandro percebeu que o criado era um boneco de madeira.

– É quase verdadeiro – murmurou, confuso.

– Como meus retratos – Nadar riu.

Anotou o endereço de Sandro e lhe disse que a conta dos honorários iria junto com a foto.

– Mestre – Sandro falou –, por que o senhor me fez tantas perguntas antes de me fotografar?

– Ora, porque o senhor não é uma garrafa ou um vaso de flores, mas não está longe disso. Está me entendendo?

## 9

Uma semana mais tarde a concierge entregou a Sandro um envelope de cor parda com um *Nadar* em carmim, impresso no canto direito superior. Sandro abriu-o com sofreguidão. Foi tomado por um instantâneo mal-estar: não era a sua habitual imagem ao espelho. Não se parecia a nenhum retrato seu. Era de alguém ignorado, um Outro, que o fixava com um olhar obtuso, aturdido por uma obstinação equívoca e desagradável.

Leu o bilhete que veio preso por um grampo: *Não mando a conta porque o senhor vai ilustrar minha galeria de tipos humanos. Nadar.*

Inquieto, ele pediu à concierge que desse uma opinião. A mulher largou o gato e pegou a fotografia com seus dedos desajeitados. Examinou-a de perto, a distância, levou-a à janela.

– É, bonito.

– Mas... – Sandro palpitava.

– Mas o senhor está um tolo, aqui no retrato...

Nessa noite, Sandro chegou à Pont de Sully como um bandido. Reconhecia-se capaz das ações mais terríveis.

Do rio ascendiam vapores que se moviam sobre a

superfície. Ele levava o envelope de Nadar, e dentro a fotografia. Riscou um fósforo, prendeu fogo naquilo, soltou. O papel em chamas flutuou no ar e, após várias espirais, pousou nas águas. Era um navio incendiado que, ao submergir, ainda lançava uma última luz. Um mendigo chegou na mureta e debruçou-se. Sandro ficou um bom tempo por ali.

A foto dentro do envelope não se destruiu por completo. Restou por queimar o olho esquerdo. Um peixe marrom o devorou como se fosse isca.

Naquele momento da História, iniciava-se o ódio metafísico de Sandro Lanari a todos os fotógrafos-retratistas. E todos tinham um nome: Nadar.

# 10

Mesmo assim, apaixonou-se. Era Arlette por coincidência, e balconista. Ou melhor, costureira.

Conheceu-a na Samaritaine. Ela sorriu, um sorriso mais do que o trivial. Ele pediu um colete de seda, e que tivesse algum bordado. Ela mostrou-lhe um, magnífico, com rosas vermelhas em ponto-agulha. Muito caro. Veio um segundo, e um terceiro. Não tinham mais barato. Após um hesitante silêncio, ela disse:

— Eu poderia fazer um para o senhor.

Ele a procurou num sexto andar da rue Vieille du Temple. O acesso era por uma carunchosa escada, muito percorrida pelo gato Laurent. Era quarta-feira. Não dormiram juntos, naquela noite: isso aconteceu no domingo, ouvindo as badaladas jesuíticas da igreja de Saint-Paul et Saint-Louis.

Na lassidão dos lençóis, ela perguntou afinal o que ele fazia. Ah, era artista?

— Desde menina adoro artistas.

Não era bela, mas teve um certo encanto ao dizer "menina".

Sandro passou a visitá-la numa seqüência frenética.

Ela aprontou-lhe o colete e cerziu-lhe as meias e o casaco. Almoçavam no *L'Éléphant Noctambule* aos sábados. A comida era excelente, e o garçom os conhecia pelo nome. Já os tratava com ternura.

Sandro tentou pintar o retrato de Arlette. Infligiu-lhe horas de absoluta imobilidade. Por vezes ela vinha verificar, e por compaixão elogiava. O retrato ficou inconcluso, coberto por um lençol.

Na rue Vieille du Temple, deitado, as mãos trançadas sob a cabeça e o Laurent dormindo sobre sua barriga, Sandro pensou nesse fato: amava-a. Esperava-a à saída do trabalho. Submeteu-a às misérias do ciúme: vigiava-a.

Num fim de tarde, ela saiu da Samaritaine de braço com um sargento de artilharia. Sandro interpelou-a, e ela explicou que se tratava de um primo. Sandro disse-lhe uma frase medonha ao ouvido e perdeu-se entre os transeuntes. Sem rumo, cruzou ruas, caminhou ao longo das avenidas. Uma carroça quase o atropelou, precisou correr. Parou, arfante. Passou o lenço pela testa. Um frio gelou seu estômago: à sua frente, real como um pesadelo, materializava-se o atelier de Nadar.

Dirigiu o resto das injúrias para aquelas odiadas janelas. Berrou e berrou. Lá dentro uma luz acendeu-se. Ele saiu às pressas, cosido às paredes.

Um mês mais tarde Arlette passou por Sandro na rua, e ele não a reconheceu. Ela ia com o primo.

# 11

Àquela hora a rue de Rivoli estava ruidosa, e um rapaz de boné deu-lhe um panfleto. Convocava para uma exposição de artistas modernos. Sandro travou o gesto de jogar aquilo na cesta do lixo. Leu alguns nomes. Não conhecia ninguém. Pôs o panfleto no bolso.

No sábado à noite ele se esgueirava por uma travessa que se abre para a rue des Écoles. Ao redor das luzes dos postes formava-se um frio halo de neblina. Homens de chapéus floridos, largas gravatas sangue-de-boi, empunhavam a novidade das bengalas feitas em cana-da-índia. Vinham acompanhados de atrizes e mundanas que davam gargalhadas. Por divertimento, elas enxotavam os cães.

Achou o número, pregado sobre a verga de uma porta mil vezes repintada. A porta dava para uma escada íngreme. Subiu, ouvindo um burburinho que aumentava.

Encontrou-se num salão inesperadamente espaçoso e alto, iluminado por lâmpadas carcel, que soltavam um forte cheiro de óleo de repolho. Havia, ali, uns quinze homens e duas ou três mulheres, reunidos em grupos. Os quadros pendiam de fios que vinham do teto. As conversas revelavam um vago tom conspiratório. Escutava-se uma tosse discreta, abafada por um lenço. As pessoas referiam-se às telas, indicando-as com gestos conhecedores. As luvas brancas evoluíam pelo ar. Pertenciam, todos, a alguma forma de sociedade secreta.

E não davam por sua presença. Um velhote de cavanhaque à satanás mirou-o como quem vê um objeto, e retomou a conversa. Falava com um homem gordo, de chapéu-coco, que parecia embriagado. O homem gordo escutava-o.

Sandro procurou ver os quadros. Talvez fosse a luz, e ele apurou os olhos. As figuras humanas não tinham linhas, e as cores eram berrantes de amarelos, azuis, vermelhos. As telas não possuíam títulos. Eram pernósticas, irritantes. Cheiravam a tinta, e eram visíveis os movimentos dos pincéis, como toscos sulcos de um arado.

As pessoas falavam num francês cheio de conotações:
– "Você sabe, aquilo... aquele matiz... ah, ah..." – e um movimento do rosto completava a frase.

O ouvinte ora concordava, ora discordava, e para isso era suficiente um erguer de sobrancelhas.

Sandro postou-se à frente do retrato de uma jovem mulher envolta em tecido vaporoso, talvez voile. Percebia-se a carne, por debaixo. Sim, havia qualquer senso de volume e de transparência, era inegável, mas onde terminava o braço, onde as mãos? Aquela gente apreciava quadros inacabados? E a moldura rica? Não se põe moldura num esboço.

A conclusão veio-lhe num brusco raio de consciência: aquilo era uma obra de arte moderna.

Ouviu uma voz grossa atrás de si:

— Faz o favor? Também queremos ver.

Com as orelhas em brasa, foi para a parede. Podia enxergar, pairando, uma verdade a que ele nunca atingiria. Uma dama entediada, junto a um moço de barba escassa, rolava as vistas pelos quadros. Era um olhar de incompreensão e, talvez, de zombaria. Enfim alguém humano. Ela ergueu os ombros, "o que é isso, essa bobagem?" e sorriu, e era um sorriso idiota, ao qual faltava um dente.

A combustão das lâmpadas incendiava os pulmões de Sandro. Levou o lenço ao nariz. O gordo, agora, era o centro de um grupo reverente. Admiravam-no. Falava, e todos riam, cúmplices. Houve um instante em que o gordo viu-o, e era como se dissesse: "claro, você não está entendendo..."

Sandro desceu as escadas aos trambolhões. Em dois passos estava na calçada. Ofegava.

"...não venho mais aqui... o cheiro das lâmpadas me faz mal..." – De fato, provocara-lhe lágrimas, que ele secava com o lenço.

Passou a sua frente um gato malhado e triste, carregando na boca um pardal morto. Sandro ficou olhando até o gato desaparecer num beco.

## 12

Os castanheiros de Paris cobriam-se daquelas flores piramidais que para nós, basbaques da parte Sul do mundo, são como pinheiros de Natal em miniatura. Sandro olhava-as como se delas pudesse vir inspiração. O mal, deduzia, é que não estabelecera amizades. Precisava de colegas para falar, para alargar horizontes artísticos. Os pintores estabelecidos viviam cercados de seus discípulos, eram ricos, falavam nos jornais. Esses nem se dignariam a escutá-lo. Mediante indicações enredadas, localizou um aluno de Delacroix no café Barbare.

– Ah, italiano. O que faz em Paris, sendo sua terra tão pródiga de pintores? O que deseja de mim? – O aluno de Delacroix bebia um gole de conhaque.

– Que o senhor veja meus trabalhos, e que me diga sua opinião.

– O senhor pinta o quê? – Ao ouvir a palavra "retratos", disse que Paris regurgitava de pintores de retratos, todos morrendo de fome. A moda era o retrato fotografado. A moda era Nadar e seus congêneres. Pois até Delacroix fez-se fotografar. Os retratos pintados perderam a razão de ser. As paisagens não, pois nenhum fotógrafo alcançaria apreender a Arte que se ocultava nos ramos de uma árvore.

No fim, assentiu em examinar as obras de Sandro, marcou dia e hora. Prometeu ir. Não foi.

E Sandro retornava à vitrina do Marais, que passara a substituir as fotografias cada semana. Agora via o anarquista Bakunin, um gigante que fixava o espectador com a opressiva loucura dos obcecados, a boca descrente mal aparecendo entre a barba desgrenhada. Era único, perfeito. Espantosamente vivo, prestes a saltar em nossa garganta. Isso, sim, era um verdadeiro retrato.

Pintou a concierge com um gato cinza no colo. Já pronto, mirou o retrato e, numa raiva instantânea, rasgou a tela com uma faquinha de descascar laranjas, jogando lá de cima os pedaços. "É isso que dá, é isso que dá, vir para Paris". A concierge concluiu que aquele homem enlouquecia.

Espreitava os freqüentadores dos cafés. Em cada desastre humano descobria uma vítima de Nadar. Eram homens de chapéus ruços, cabelos cheios de caspa descendo pelos ombros, casacos mordidos nos cotovelos, óculos de lentes quebradas, emendados com arame. Todos pertenciam ao rol dos infelizes que vinham perdendo a guerra contra a fotografia.

# 13

Seguiu malbaratando dinheiro. Como sinal do inevitável declínio, redigiu um anúncio sobre o mármore de uma mesa de café. Levou-o ao *Le Journal des Débats*. Oferecia-se como pintor de retratos a preços módicos. Por surpresa, recebeu uma encomenda.

Era um homem rude, de lábios finos, enriquecido como agiota. Entrou no gabinetto e foi logo explicando que precisava de um retrato para a *Chambre de Commerce et d'Industrie de Lyon*. Fumava como um doido, ao posar. Veio ver o esboço. Indicou-o com os dedos que prendiam o charuto:

– Não tenho essas mãos grossas.

Sandro então disse a frase que, pronunciada, seria como uma condenação ao anonimato:

– Como o senhor gostaria?

Em doze dias acabou o retrato. Pintou-o com tais detalhes que era possível identificar o brilho do cetim que debruava a lapela. Nessa lapela, ele pôs a roseta da *Légion d'Honneur*, captando a luz metálica do alfinete que a prendia. Envernizou-o com imenso cuidado. Mas não após sua assinatura, numa decisão para sempre: de qualquer sorte, no futuro ninguém procuraria pelo autor.

O agiota olhou o quadro e concordou, mal movendo a cabeça. Pagou o estipulado com um cheque, e Sandro despediu-se sem pena do retrato. Durante uma semana pensaria naquelas mãos.

Ao sair do Banque de France, refletiu sobre a desgraça que seria sua vida dali por diante. Essa filosofia foi o ponto de partida de seu vício alcoólico. O que valia era o dinheiro em seu bolso. O resto eram luxos da imaginação.

Foi esse o único trabalho. Sandro não saíra de casa, à espera. Enfim, desistira.

# 14

Foi saber dos horários dos trens para Gênova, onde havia conexão para Ancona. Anotou-os.

Lembrou-se dos artistas ambulantes da place du Tertre. Queria e não queria, mas foi revê-los. Eram um enxame, disputando os turistas, que pagavam sem reclamar por aqueles precários retratos de varejo. Aproximou-se. O processo era tão primário quanto eficaz: consistia em traçar o bosquejo da pessoa tal como entrevista por uma lâmina de vidro; após, esse bosquejo era transposto para o quadriculado da tela. Era só colorir. Faziam tudo muito rápido, e não manifestavam nenhum escrúpulo ao receberem, curvados e agradecidos, o dinheiro da sopa da noite. E aqueles infelizes, um dia, quiseram ser autênticos pintores de retratos.

Ao chegar a casa, a concierge olhou-o com pena. Viu-o subir as escadas. As barras das calças estavam comidas pelos tacões dos sapatos.

# 15

Acordou-se no outro dia, ainda vestido. E a intensidade de sua tragédia voltou-lhe como um manto de chumbo. Olhou a foto do retratista de Ancona. Ele e o pai, ali, eram dois mortos.

Na rua, fugiu das vitrinas com fotos de Nadar. Em uma delas enxergara, mais uma vez, Sarah Bernhardt. Era a mesma foto, mas Sarah Bernhardt estava ainda mais bela, os lábios mais ternos, o nariz no frêmito de um desejo brutal.

Caminhava pela margem do rio, a cabeça explodindo. Enfiou-se por ruas perpendiculares.

O sol deixava as ruas tépidas. Um tocador de harmônica de vidro executava *La ci darem la mano*. Então sentiu um calor incontrolável que veio pelo peito e subiu aos olhos. Chorava. As lágrimas caíam pelos lados do rosto.

Entrou num café. Os fregueses tomavam sua moca matutina e liam jornal. Sandro sentou-se, ordenou um conhaque, bebeu-o de um gole. Pediu outros. Ao cruzar a porta, tudo rodava. Tentou firmar-se nas pernas instáveis. O garçom veio saber se precisava de algo.

– Não, obrigado – respondeu, estabelecendo uma linha reta que o levava ao poste. Caminhou, mas o chão oscilava como o tombadilho de um navio. Agarrou-se a uma mesinha na calçada, jogou-se numa cadeira de vime. As pessoas flutuavam, imersas em uma névoa. Deixou-se ficar ali, à espera da morte ou de algo melhor.

Veio para o quarto ao anoitecer.

Sob a porta, encontrou mais uma carta do pai. Abriu-a de modo mecânico. Na letra miúda do pároco Francesco Tebaldi, leu uma palavra nova: "Brasile". Sentou-se perto da luz, atirou os sapatos longe. Ergueu os óculos para a testa e aproximou a carta.

Curzio contava, repassado de indignação, que um parente de Vicenza viera para o Rio Grande do Sul, Brasil. Aliás, todo mundo emigrava: seleiros, agricultores, sapateiros, lapidadores de vidro, artesãos de agulha e linha, chapeleiros, qualquer ofício, até artistas, todos iam para aquela selva. O que iam fazer no Brasil? Queriam ser devorados pelas feras?

Num adendo próprio, entretanto, o pároco mitigava: "...mas no Brasil eles vivem na bem-aventurança do paraíso terrenal, desfrutando as dádivas de Nosso Senhor. Quem trabalhar terá sua recompensa e ficará livre dos tormentos do espírito, dado que os da carne são inevitáveis".

A partir desse dia, Sandro muito pensou nos tormentos do seu espírito. Examinou mapas-múndi. Foi aconselhar-se com um bêbado encostado ao balcão do Barbare. O bêbado escutou, escutou, logo percebeu aquilo que o desconhecido queria ouvir então disse, com uma conclusiva punhada sobre as moedas:

– Merde! Pois emigre! E antes de emigrar, me pague mais uma genebra.

E Sandro pagou, a alma agradecida, leve de esperanças.

# 16

Assim, em dois meses, sem pedir a bênção do pai e liquidando os penúltimos francos, ele embarcava no porto de Marselha.

O navio era de carga, e aceitava passageiros para aumentar os lucros. Enferrujado e fedorento a óleo, ganhou o Atlântico sem dar garantias de chegar a algum porto. O compartimento de Sandro Lanari acomodava quinze homens que durante a noite arrotavam e soltavam gases fétidos pela má comida. Ele saía para pegar ar fresco e maravilhava-se com o Cruzeiro do Sul, que começava a ver no horizonte constelado.

Lá abaixo, na metade inferior do planeta, ficava o Rio Grande do Sul, a selva que nunca teria escutado o nome de Nadar.

# PARTE II

# 1

Sandro Lanari apareceu em Porto Alegre num domingo de calor úmido e viscoso. As nuvens eram pesadas de água. Desembarcou no cais fluvial com alguns chassis recobertos de telas virgens, um cavalete, a maleta de pintura e um caixote contendo potes de tinta, pigmentos, terebintina, pincéis, espátulas, mais o betume da Judéia que dá translucidez às misturas e os papéis Fabriano para as aquarelas furtivas. Trazia também um baú forrado em couro da Rússia, fechado por brilhantes dobradiças de cobre. Dentro, além de suas roupas, vinha o livro de Cenino Cenini.

Seu primeiro espanto foi pela quantidade de negros nas ruas. Pensou que fossem maometanos. Mais tarde saberia a verdade.

Cedeu a uma fraqueza: comprou, ainda no cais, um chapéu panamá branco, redondo, de abas largas e moles, circundado por uma fita de tafetá azul cujas pontas caíam até o ombro. O vendedor pôs um caco de espelho à frente de Sandro. Ele mirou-se e deu um sorriso. Luís Napoleão, em seu tempo, alardeava extravagantes panamás em seus verões no Jardin du Luxembourg. Custavam uma fortuna, em Paris.

Instalou-se na Pensão Itália, de um compatriota. Explicou-lhe que não poderia dar adiantamento, mas pagaria sem atraso. O compatriota cruzou os braços, olhou-o. Aceitou-o depois, em homenagem a Garibaldi: Sandro, entre outras coisas, declarara-se adepto da Unificação. Nunca entendera de política. Dissera aquilo ao ver um retrato do Herói de Dois Mundos entronizado sobre a porta da cozinha. Era uma pensão bem popular, apesar de situar-se na rua da Praia. Os hóspedes comiam concentrados, e mastigavam de boca aberta. Sem guardanapos disponíveis, limpavam-se com as mangas das camisas. Duas escarradeiras de faiança azul demarcavam o comprimento do salão de refeições; ali os hóspedes cuspiam, segundo a educação ou a pontaria. Na primeira vez olharam para Sandro e voltaram a comer em silêncio. No terceiro dia não o notavam mais.

Em Porto Alegre havia um pintor de retratos. Com certa apreensão, Sandro foi conhecê-lo. Trabalhava num cômodo atrás da Loja de Pompas Fúnebres ao lado da Santa Casa, chamava-se Alcides e declarou-se honrado com a visita. Ouvia-se, dali, o sinistro martelar do homem que fabricava os esquifes. Sandro observou alguns retratos já prontos. Representavam os comandantes da guarnição militar, desde D. Diogo de Souza. Usavam dragonas de ouro. Era tudo tão malfeito e primário, e os retratados se assemelhavam tanto uns aos outros, que salvava o pintor o fato de constar, afixada à moldura, uma plaqueta de prata com o respectivo nome. Enfim: Alcides era inofensivo. Sandro foi benevolente, elogiou-o.

Mas soube, decepcionado, que Porto Alegre infestava-se de fotógrafos-retratistas, e por cúmulo todos italianos: Terragno, Caligari, Carducci, Lucchese, Ferrari. Julgava que no Brasil a fotografia não fosse desenvolvida.

Carducci, o mais proeminente, mantinha estúdio defronte à pensão, com um cartaz: *Comendador L. Carducci. Photographo.* A clientela, grande, compunha-se de senhores de botas, vindos do pampa, e damas com chapéus-de-sol rendados. Sandro, bebericando café, via-os da janela de seu quarto. Entravam cautelosos, sérios, e quando voltavam para a rua, riam, felizes. A fotografia lhes era suficiente.

## 2

Exceto pelos sobrados no alto da rua da Igreja, que ostentavam variada riqueza, as restantes casas de Porto Alegre eram baixas e monótonas. Recobriam-se com telhas portuguesas de canalete, patinadas de limo. Possuíam quintais e havia inúmeros terrenos desocupados. Sendo uma cunha que adentra o largo rio, a cidade transformava-se, vista do morro de Santa Teresa, num leque aberto e roto em vários lugares.

Para fazer propaganda de si mesmo, e à espera do resultado de um anúncio que mandara publicar em *O Mercantil*, Sandro espairecia. Alardeava um ar dramático, o colarinho aberto ao peito, a gravata de fustão toda desfeita, a casaca verde, o espantoso panamá e sua fita. Viravam-se para vê-lo. Era costume os homens andarem vestidos de negro, como prontos para um enterro.

Movimentada pela manhã, a cidade desolava-se a partir do meio-dia. As poucas carroças estrondeavam nas lajes do calçamento, acordando por alguns segundos os que sesteavam. Sem esses hábitos da preguiça, ele subia até a praça da Matriz, a mais formosa, com a antiga catedral, o antigo palácio do Governo e a antiga casa da Justiça.

Procurava uma sombra na fresca umidade dos umbus. No século 19 a praça era muito arborizada. E parava-se, mãos às costas, segurando o chapéu, à frente deste rio tão belo. A certas horas, as águas transformavam-se numa chapa incandescente, refletindo o fulgor do sol.

Em Ancona ele também contemplava paisagens aquáticas e bastante pictóricas: lá, era o Adriático, povoado por lendas de heróis descabelados e furibundos, varrido pelo colérico ribombar dos canhões, itinerário de bojudas galeras venezianas e bizantinas desde épocas sem memória, habitação dos deuses e cenário de batalhas decisivas para a Humanidade.

Aqui, era o Guaíba.

E ele, Sandro, era um artista que trazia nas costas a Europa e seus séculos de civilização.

# 3

Estava na praça da Matriz, abanando-se com o panamá, quando viu caminhar em sua direção uma adolescente. Os copiosos cabelos negros brotavam por baixo do delicado chapeuzinho de palha trançada. Calçava botas marrons sob o vestido. As botas traziam pequeninas esporas de ouro presas ao salto, e as esporas retiniam ao bater no chão, clic, clic, clic. Vinha tensa e rápida, falando sozinha. Ao desviar-se de Sandro, volveu-lhe um olhar breve, agitado. Notara-o. Ele parou de abanar-se, pasmo: a semelhança com o retrato de Sarah Bernhardt era tão assombrosa que a adolescente poderia ser a própria atriz. E sua marcha tinha a arrogância do bem-estar e do dinheiro. Ele nunca vira uma jovem, ou mulher, que levasse aquela liquidez no olhar, e que pisasse de modo tão implacável. Chamou-a de Sarah, embora sua homônima fotográfica fosse bem mais bonita.

Pensou nela por três dias.

E entrava em qualquer tasca, bebia e bebia e bebia até cair. Era um encanto estar bêbado no fim do mundo. Às vezes a Guarda Municipal o despertava na rua. Passaram a duvidar de seus dotes artísticos. O proprietário da Pensão Itália bufava pelos cantos.

Só veio a adquirir a confiança pública quando fez, sem cobrar e para amostra de sua arte, o retrato do cura da Catedral. Oferecera-se, batendo à porta do clérigo. O retrato foi para a frente do comungatório e ficou num cavalete, em exposição. As senhoras de escapulário do Carmo juntavam-se para observar melhor, e babavam-se por ver seu rico curazinho no quadro, sentado no cadeirão de mogno, as mãos pousadas sobre o *Breviarium Romanum*. Sob a cútis das mãos, viam-se os caudais das veias. Esse pormenor, quando num retrato, sempre impressiona as pessoas.

Sandro pintou-o com o nariz fino dos brancos, esquecendo-lhe a provável ascendência. Fez isso de modo tão engenhoso que ninguém notava. E aprendeu por si mesmo que a cor da pele dos brasileiros, longe de ser rosada, permitia pintar diretamente com o branco e terra de Siena, sem o luxo das sofisticadas veladuras – e isso, que não estava no livro de Cenino Cenini, significou uma descoberta.

Até o Bispo D. Cláudio Ponce de Leão achou "muito bonito" o retrato e encomendou um seu, posando com a cruz peitoral e suas incrustações de topázios, citrinos e granadas. Pagou a encomenda com uma indulgência plenária e uma litogravura colorida do Papa Leão 13.

Foi uma evidente mesquinhez eclesiástica, mas fez com que Sandro virasse celebridade. Ouvia murmurar às suas costas "é o italiano, aquele".

# 4

– Veio cedo – disse-lhe a proprietária.
– Boa-noite, Antônia.

Visitava a rua dos Pecados Mortais duas vezes por semana. As casinholas, dispostas num correr de janelas coloridas, abrigavam um sem-número de mulheres de diversas nacionalidades, que se tornavam mais alegres à medida que o sol se punha. Lá, ele escutava boêmios de violão, dançava e bebia. Como houvesse quartos disponíveis, por vezes passava a noite.

Ficou íntimo de uma dessas *filles de la joie* – pois assim eram chamadas naqueles tempos eufêmicos. Pálida e russa, dizia ser Kitty Vassiliévna. Suas espáduas lembravam colinas, e quando voltava a graciosa cabeça oval, pousada no cimo de um pescoço de cisne, fazia-o com certa elegância. Entendiam-se em francês. Para acrescentar uma ponta teatral nessas trivialidades, Sandro tentou enamorar-se dela. Conseguiu apenas desejá-la. De resto, Kitty só aceitaria um amante rico, pois pretendia regressar para a Europa.

Em seguida conheceu uma polonesa, de espantosos hábitos sexuais. Desconcertado, preferiu deixá-la.

Já sua figura de poeta agitava as noites das senhoras. Elas acordavam, acendiam a vela da cabeceira e ficavam contemplando a chama. Dia claro, surgiam com olheiras para seus maridos.

Tornava-se visível não somente na praça da Matriz, mas encostado à porta da pensão, banhando-se com o sol da manhã. Poderoso em sua estatura, era como se amparasse o prédio. Ficava ali para ouvir os transeuntes, adestrando o ouvido à língua brasileira, que ele achava tão melodiosa quanto a italiana. Em três semanas sabia o suficiente para que o entendessem. Falava tão errado quanto os passantes da calçada. Só mais tarde é que viria a expressar-se melhor, e até a escrever cartas.

Para gastar hora antes do almoço, subia à frente da Santa Casa e instalava-se com seus apetrechos de aquarela. Ficava cercado de moleques que vendiam água. Pintou cinco paisagens da cidade com o rio ao fundo, todas iguais. Ofereceu-as ao dono da Pensão Itália, para abrandar seu furor. Cada peça da casa passou a ostentar a mesma aquarela, e as pessoas mais desatentas não sabiam em que cômodo estavam.

Após a caminhada vespertina, subia ao quarto e verificava os pincéis. Lembrava-se de Ancona com uma leve saudade. Fitava o retrato feito por Paolo Pappalardo, que fixara na porta. O retrato já mostrava duas marcas de pregos. E lembrava-se de Catalina. Lembrava-se de Paris e da foto: *L'Actrice Sarah Bernhardt*. Tudo tão longe. Apoiava uma tela no cavalete e pintava qualquer fantasia de rosto. Aborrecido, raspava com a espátula. Precisava economizar telas. Também desenhava a lápis. Sentava-se à mesa, estendia a mão esquerda, e com a direita fazia-lhe o esboço, como Michelangelo.

Perdia horas olhando para a parede, cujas gretas lembravam-lhe cursos d'água. Um erro, talvez, ter vindo para o Brasil.

Voltava à janela para inspecionar os clientes do fotógrafo Carducci. Uma tarde avistou-o à porta do atelier, conduzindo uma dama que saía. Mesmo com seus evidentes setenta anos, era nutrido, ruivo e alto. Despediu a dama e ficou esfregando as mãos rosadas, contente de si. Olhou para os lados. Entrou.

# 5

O retrato de D. Cláudio Ponce de Leão teve conseqüências. O Bispo convocou Sandro ao Palácio Episcopal. Recebeu-o na sala de despachos.

– Olhe, senhor Lanari – e estendia-lhe uma fotografia. – Veja esta foto que o Carducci me fez. Comparei-a com o retrato que o senhor me pintou. – Sorriu, paternal e um pouco irônico: – Pensei que eu tivesse mais rugas.

– Ele retocou essa foto, Excelência Reverendíssima.

– Tal como o senhor retocou meu retrato. E o retrato do cura. – O Bispo pousou a fotografia sobre o feltro verde da mesa e ali deixou abandonadas as mãos. Um anel alaranjado faiscava no magro dedo anular direito. Era um homem de cabelos encanecidos, cabeça bonita de filósofo. Não estava incomodado. Ao contrário, aquilo parecia despertar-lhe um ingênuo gosto pela polêmica intelectual. – Estive pensando – ele seguia – até que ponto é lícito intervir na representação do homem, que é feito à imagem e semelhança de Deus?

Sandro não sabia o que responder. Quase lembrou de um pensamento do professor La Grange, mas a idéia se esvaiu. Recordou-se de Nadar e de suas concepções vulcânicas. Até quando essa sombra o perseguiria?

Mais tarde o Bispo acompanhou-o até a porta. Reparou no céu.

– Que belo tempo. Deus o guarde. – E deu-lhe o anel a beijar.

Subindo a rua do Paráclito rumo à praça, Sandro levava nas narinas o tênue perfume de goma que exalava do colarinho do Prelado. Não entendera nada da conversação, nem o motivo de ter vindo. Mas enxergara, nas mãos do Bispo, um retrato feito por Carducci. Aqueles retoques eram o símbolo da mediocridade. Nadar jamais fizera retoques na imagem e semelhança de Deus. Nadar era único.

Ele, Sandro Lanari, sim, melhorava os modelos. Mas enfim, ele se constituía da mesma podre matéria de Carducci.

Na praça da Matriz, viu ao longe a sua Sarah, que cruzava no outro sentido, levando uma pequena cesta ao braço. Ia forte, dando pontapés na barra do vestido. Seguiu-a até a rua do Cotovelo. Em dado instante ela voltou-se. Olhava-o. Sandro quis ir ao seu encontro, mas deteve-se: um cabo da Guarda Municipal notara-o apressado, e poderia desconfiar.

Nesse mesmo dia, animou-se a escrever ao pai, contando as dificuldades enfrentadas em Paris, a "esperança de futuro melhor" na vinda para o Brasil. Jamais obteria resposta.

# 6

A salvadora encomenda sob pagamento veio do Provedor da Santa Casa, um homem obeso e enfadonho, cheio de condecorações. O dono da pensão, na esperança de receber seus créditos atrasados, enaltecera as qualidades artísticas do pintor seu hóspede.

Sandro chegou cedo ao casarão da rua do Cotovelo. Trazia a valise e sua maleta de pintor. Recebeu-o um negro, que o conduziu a outro negro, este de libré, que o levou pelo corredor recendente a cera. Deixou-o num salão vistoso, com samambaias selváticas postas em cachepots de latão. Pisava-se sobre um rico aubusson de finos ramalhetes.

Ali, no vazio criado pelo afastamento dos móveis, haviam colocado uma cadeira de jacarandá e braços, tauxiada por cravos de estanho e forrada de couro lustroso. No espaldar gravava-se um escudo de armas representando o delírio heráldico de uma garça com um jasmim no bico. O Provedor era um remanescente do extinto Império Brasileiro. A dois metros estava o cavalete que Sandro mandara de véspera.

Tirou o avental da valise, vestiu-o, abriu o estojo de

pintura. Separou a paleta, dispôs os potes de tinta num aparador. Sobre um trilho de feltro verde arranjou os pincéis em ordem de tamanho. Sempre que fazia isso lembrava-se do pai.

Pôs uma tela virgem no cavalete. Pressentiu movimento: o Provedor entrava, murmurando bom-dia. Sentou-se. Sandro respondeu com um súbito fastio por ver aquele rosto glabro, aquele ventre bovino a esmoer o café da manhã. E o homem já ficava teso como uma estaca, as mãos cruzadas sobre a barriga, assumindo um ar estúpido: assim supunha que deveriam comportar-se os modelos.

Seguindo seu método, Sandro desdobrou sobre a tela um papel pardo, quadriculado, e fixou-o com percevejos nas laterais do chassi. Traçou, a lápis, as linhas da figura. Logo era possível perceber o volume e o peso do retratado, a cara redonda. Era o Provedor. A seguir, com lápis-cera coloridos, deu-lhe volume e fez-lhe a gravata em azul-esmeralda. Pegou o papel e mostrou-o. O Provedor fixou-o, apertando os olhos. Aprovou com a cabeça.

– Bem assim, bem assim... – e fez uma pausa reticente, apontou – ...só que minha gravata não é azul.

– Mas esta sua gravata cinzenta não faz bom contraste com a camisa branca, nem com a cor da pele.

O Provedor disse que sua esposa não iria gostar, afinal a gravata era presente de aniversário de casamento, e ele a pusera em homenagem, sabia como eram as mulheres...

Sandro não discutiu:
– A gravata será cinzenta.

O Provedor recostou-se melhor, satisfeito. De quando em vez olhava para Sandro, para confirmar se não ficara incomodado.

Sandro pensava na letra bancária com o adiantamento. Precisava pagar um mês de hospedagem e uma dívida de jogo no *Ao Cornudo Galante*. Contraíra-a por pura devoção a uma dama que o incentivara a jogar até a insanidade.

Às onze horas deu por findo o trabalho daquela sessão.

No Restaurant Bom Gosto, na rua da Praia, bebeu tanto que via três torres na igreja do Rosário.

Escoou-se uma semana, e o retrato progredia. O Provedor cada vez mais se assemelhava a um suíno.

# 7

Conhecera um pintor de paisagens. Solteirão, quase velho, vivia à beira da indigência. Seu único bem era um sobretudo. Usava uma peruca de cabelos mortos. Morava na Cidade Baixa, numa casinhola cujo senhorio, por caridade ou desistência, não mais lhe cobrava os aluguéis. Pintava campos, vacas, pastores, árvores e alvoradas de nuvens decorativas. Clientela rala, seus quadros enfeitavam as paredes do bordel da Antônia. Ela os comprava para entremeá-los aos cromos pornográficos. Sandro via um certo encanto naquela miséria.

  Encontravam-se quase todas tardes no *Ao Cornudo Galante*, e bebiam cerveja com Steinhaeger. Num sábado, o paisagista veio, e mais uma vez sentou-se a sua mesa:

– O que vamos dizer dos fotógrafos, hoje?

Era seu assunto predileto. Sandro sentiu-lhe o forte odor de sebo. Acendeu-se: falar mal dos fotógrafos animava a bebida. Vieram copos, cálices e garrafas. Já organizavam uma brigada de artistas para, no escuro da noite, assaltarem os estúdios do Caligari, do Lucchese, do Carducci. Quebrariam máquinas, destruiriam chapas e, exaltou-se o paisagista, deitariam as emulsões no lixo! Sandro intrigou-se:

– O que é emulsão?
– É um líquido para preparar as chapas.
– Então, pau na emulsão – gritou Sandro, e ergueu mais um brinde.

Mas o paisagista, já branco, já o sorriso murcho, já não o escutava, os olhos presos na porta. Entrava um casal. O marido era barbudo, e a mulher, muito pintada e jovem, vinha enganchada ao braço. O homem aproximou-se, ordenou que Sandro saísse dali. Sandro perguntou de que se tratava, mas deu um salto ao ver um revólver naquela bruta mão. Escutou-se um estrondo, e o paisagista caía de modo operístico, agarrando-se à toalha, arrastando-a consigo. Estirado no chão, as garrafas e os copos rolavam pela mesa e tombavam sobre ele, provocando um tilintar de morte.

– Esse não mais incomoda as senhoras casadas – disse o barbudo.

Seguiu-se um grosso tumulto. Pessoas acorriam da rua, os fregueses continham o agressor enquanto outros se debruçavam sobre a vítima. Sandro esgueirou-se para fora, mas a tempo de ouvir uma voz com entonação policial perguntando quem era "o assassino". Enfiou-se por uma rua secundária. Subiu esbaforido a Ladeira, contando os passos para esquecer o horror.

Cruzava pelo Theatro São Pedro quando avistou, no entardecer da praça, num banco junto ao chafariz das ninfas, a talvez Sarah. Ela estava com as pernas cruzadas, tendo ao lado duas amigas. Gargalhavam como pássaras. Uma delas desenhava no ar um arco invisível.

Imobilizou-se, preso àquela viçosa erupção de alegria em meio à tragédia. Enterneceu-se. Se ela o visse, ao menos, como das outras vezes.

Mas ainda escutava o estampido seco do revólver, o cheiro da pólvora, o paisagista caindo ao chão. Estabeleceu uma teoria: pintores nem sempre morrem de causas artísticas. E o Rio Grande do Sul era uma terra bravia.

Nessa noite, acordou-se e viu a noite, coagulada pela claridade lunar.

# 8

Foi à Cidade Baixa. Poucas pessoas no velório. O padre dava a última bênção. Sandro empunhava um excêntrico ramo de flores de paineira. Escolhera-as pela intensa cor de carne, que lembrava a oposição entre a vida e a morte. Precisou suportar as graçolas infames na rua: nesta região bárbara do mundo, homem algum carrega flores.

Fechavam o caixão. Sandro contraiu-se: reconhecera na sala o fotógrafo Carducci.

Como havia poucos homens, o padre pediu a Sandro que segurasse uma das alças do féretro.

Depuseram o paisagista no coche negro e dourado da Santa Casa, atrelado a uma parelha de cavalos. Cada cavalo levava, na testeira, três plumas de avestruz tingidas de preto. As plumas faziam movimentos graciosos no ar.

Os outros assistentes à cerimônia, considerando-se livres, dispersaram-se. Carducci e Sandro acomodaram-se na única charrete de aluguel que aguardava. Sentaram lado a lado. Fitaram-se.

– Muito prazer. Lanari, pintor de retratos.
– Comendador Carducci, fotógrafo. Muito prazer.
Ambos falaram em italiano.

Mantiveram-se calados enquanto o cortejo seguia pelas ruas empoeiradas. Ao atingirem a curva que levava à forte subida do cemitério, o cocheiro disse que deveriam apear, os cavalos não agüentariam. Carducci desceu por primeiro e estendeu a mão a Sandro, que agradeceu e aproveitou para perguntar se tinha relações de amizade com o homem que iam enterrar.

Encetavam a subida da Azenha, atrás do coche com o féretro. O fotógrafo sorriu.

– Cumpro o dever com um colega artista. – A papada de Carducci encobria o colarinho.

Uma provocação, isso de "artista". Sandro não retrucou, e até quis saber da clientela.

– Vai bem – respondeu Carducci, parando para controlar a respiração. – Cada vez mais as pessoas querem fotografar-se. O retrato pintado tornou-se caro. E no século do telégrafo e da locomotiva as pessoas têm pressa.

Seguiram. O sol tornava-se ardente. Sandro sentia as têmporas comprimidas. O suor concentrava-se na copa do panamá, escorria pela testa, descia pelo rosto e entrava pela gola da camisa. Aproveitou a ocasião em que puxava o lenço e disse de um só jato:

– Sim, as pessoas têm pressa, mas depois não se queixem. A fotografia apenas capta um instante do fotografado. Ficam impressas na chapa as dores de barriga, as brigas de ontem com as esposas e as queimações da bexiga. O retrato pintado, pela observação demorada que o pintor faz do caráter do retratado, só esse retrato reproduz toda a verdadeira psicologia do modelo. – Enfim lembrava-se dos juízos de René La Grange. E dissera o maior argumento de sua vida.

Carducci admirava-se. O bigode caía nos cantos da boca.

— Parabéns. O senhor é um livro falante. Mas responda-me: isso não é mentir?

— Ao contrário, é ser fiel à alma do retratado.

O fotógrafo piscava os olhinhos, na sombra do chapéu de feltro. Havia uma luz de malícia quando disse:

— Mesmo que ele seja um bandido, um assassino?

— Por que não? — respondeu Sandro, sem a menor certeza.

— Cuidado para não virar um bandido também. Porque só entendo essa fidelidade se o artista assumir toda a estrutura moral do retratado. — Por sorte, em quinze minutos chegavam ao topo da colina. O esquife deu entrada no cemitério. Sepultaram o paisagista numa cova ao lado do muro, escurecida pelos túmulos da burguesia. — Nem paisagem terá — Carducci refletiu em voz alta, ao repor o chapéu. Já no portal, retomou o assunto: — Se é como o senhor disse, prefiro minhas fotografias. É o modelo lá e eu aqui, com a minha câmara. Na minha longa profissão, aprendi algumas coisas.

— Talvez o senhor não seja o artista que pensa. O senhor já ouviu falar do famoso fotógrafo Nadar, de Paris? — e esperou.

Carducci tinha o ar singelo.

— Não. Talvez eu não seja um grande artista, mas artista sou, porque busco a beleza universal.

— Pois fotografe paisagens. Deixe as pessoas em paz.

— Para paisagens há os pintores, iguais ao senhor e a esse coitado que acabamos de enterrar. Ademais, sou um homem comum, com família. Paisagens não pagam contas.

    Como resultado desse exercício verbal, Sandro chegou com imensa sede *Ao Cornudo Galante*, e disposto a esquecer as coisas que ouvira e que dissera. "Tanto faz, a beleza universal..."

# 9

Recebeu um original convite, e foi morar de graça na casa de um advogado, no ponto mais alto da rua da Igreja. No tempo do Reino, a residência fora uma edificação banal, que ninguém se detinha para admirar; mais tarde, assumiu ares de palácio com a troca do beiral dianteiro por uma platibanda decorada em losangos. Sobre a platibanda, enfileiravam-se quatro estátuas de faiança policromática da Fábrica de Santo Antônio, da cidade do Porto. As estátuas representavam as estações do ano.

    O advogado era influente membro da Oposição. Conspirava. O Presidente do Estado, para ele, era *o bexigoso-positivista*. Amador das artes, transformava-se em mecenas de qualquer troca-tintas que batesse a sua porta. Encomendava-lhes trabalhos. Fazia-os decorar a sala de jantar com motivos de caça, e os quartos com cenas mitológicas de Eros e Psiquê. Para o salão de receber, apeteciam-lhe guirlandas floridas. Na capela, a esposa exigiu imagens de todos os santos da sua desvairada hagiografia. Como pouco restava sem pintar, o advogado deixava os artistas à solta com suas imaginações, e por isso os corredores apresentavam camadas superpostas de tinta. Na asa do cisne que engravidou Leda entrevia-se o mal-apagado escudo de Aquiles.

Deram a Sandro um quarto no pavimento superior. Havia outros quartos naquele andar. Deitado, ele via na parede em frente à cama uma delicada ninfa a ponto de colher uma flor à beira de um regato. Atrás dela, um sátiro tocava sua flauta. Abaixo, um escrito: *A Serenidade*. Má alegoria, ele avaliou.

Receberam-no sem grandes exigências. Queriam que ele pintasse um retrato da família inteira. Ganharia casa, comida e dinheiro. Durante esse tempo estaria livre para aceitar encargos de outros fregueses.

A família do advogado era composta por ele, mais D. Fausta, uma filha e mais um rapaz cursando a Escola Militar no Rio de Janeiro, e que deveria ser pintado a partir de uma fotografia.

Ao lhe apresentarem Violeta, Sandro sentiu um leve rubor: era a adolescente da praça.

Ela disse:

— Muito prazer.

O advogado riu, segurou a mão da filha:

— Não fosse essa menina, o senhor não estaria aqui. Ela soube que o senhor estava na cidade.

Ela olhou francamente para Sandro:

— Pessoas talentosas são notadas.

E Sandro então entendeu: sua presença ali não se devia ao acaso.

Ao natural das coisas, ele teria cobiçado aquele raro espécime da raça humana, em tudo igual a Sarah Bernhardt; todavia enjoava-o à morte o sutil mas real cheiro de cavalariça que emanava das roupas de Violeta. Nessa noite, estiveram próximos, no patamar da escada, naquele minueto que as pessoas dançam quando se encontram frente a frente e não sabem para que lado vão desviar. Ele tomou a iniciativa, afastou-se e disse que ela tivesse a bondade de passar. Ela parou, séria, e logo seguiu.

Contudo, Violeta era um picante mistério a ser desvendado. Passou a fantasiá-la perfumada, recém-saída do banho, envolta na veste romana, como no retrato de Nadar.

O quarto dela era em frente.

# 10

Aconteceu um fato que modificou a vida de Sandro Lanari aqui em Porto Alegre, justo quando estava tão bem instalado e recebia outras encomendas de retratos, desde o Fiscal de Rendas da Alfândega ao juiz da Primeira Vara.

O Provedor o esperava na mesma posição absurda. Disseram-se bom-dia, comentaram sobre a temperatura. Sandro pôs-se a trabalhar. Recusando as ponderações de Curzio, que mandava iniciar pelo fundo, ele sempre iniciava a pintar os retratos pela cabeça dos modelos, e de cima para baixo. Era ali que se definia o homem, ou a mulher.

Iniciou procurando compreender o volume daquela testa curta, usando para isso um ocre forte. Tencionava acrescentar pitadas de carmim e azul, em fidelidade às notórias origens raciais do retratado, mas desistiu da idéia. E ampliou a testa, em homenagem à ciência que poderia haver em algum lugar do cérebro. Ele, Sandro, podia ter essa liberdade:...não sou Nadar, afinal.

Pelo meio da manhã, fizeram uma pausa. A criada trouxe chá e biscoitos de polvilho. Comeram em silêncio.

– Vamos retomar a pintura, Senhor Provedor?

O Provedor largou a xícara e voltou à poltrona.

Sandro trabalhou como nunca, até que as costas lhe doeram e os dedos se enrijeceram. Solicitou ao Provedor que dissesse uma frase, uma poesia que fosse, precisava verificar o movimento dos lábios. O Provedor fitou o vazio, perguntou se podia ser "a poesia do Imperador".

– Qualquer coisa.

E o homem limpou a garganta e declamou "Atirei um limão verde / de pesado foi ao fundo / os peixinhos responderam / Viva D. Pedro Segundo" e riu, constrangido:

– Eh, eh, está bem essa? É a única que eu sei.

Algo sucedeu: levou a mão à cabeça, olhou para Sandro, olhou para o teto, disse "... meu Santo Antônio... caramba..." – e inspirou com dificuldade. Deu um arranco do peito.

Estava morto.

Sandro Lanari viria a terminar o trabalho, utilizando o esboço. A família honrou o compromisso, pagando-lhe os honorários contratados. O retrato foi para a Galeria de Honra da Santa Casa de Misericórdia de Porto Alegre, onde ainda se encontra.

# 11

Era na casa do advogado. Sandro descia as escadas para o jantar. Refletia sobre o significado daquelas duas mortes ocorridas a sua frente. Era difícil concentrar-se.

Pressentiu um grupo irrequieto que subia. Era Violeta, com duas moças. Vestiam amazonas coloridas. Ele se amiudou junto à parede, cumprimentou-as com uma reverência e um boa-tarde. Passaram em meio a gritinhos, deixando um rasto de suor, couro e sabão Windsor.

Havia um clima austero, à mesa. Sabiam do Provedor. D. Fausta olhou com piedade para Sandro e deu-lhe umas gotas de beladona. O advogado, entre colheradas de sopa, quis saber se poderiam dar início ao retrato da família, no que Sandro concordou, afinal para isso viera.

O advogado explicou seus planos sobre a natureza do quadro.

Era um homem tedioso, calvo, usava abotoaduras de brilhantes e detinha 20% das ações da cervejaria dos alemães. Também era senhor de uma estância em Alegrete e de uma coudelaria no caminho da Aldeia dos Anjos. Criava cavalos com uma paixão escandalosa. Sandro, quando sóbrio, odiava-o, e pelas normais sem-razões do ódio:

pela posição que ocupava na sociedade, pelo rendimentos das ações, pelos cavalos, pelas abotoaduras. A mulher era gorda: as pessoas magras gozavam a fama de devassas.

    Sandro bebeu muito além do prudente cálice de vinho que aceitava. O jantar ia pela metade quando Violeta e as amigas desceram, lavadas e frescas. Vinham para seus lugares. Violeta sentou-se à frente de Sandro. Receberam com uma expressão displicente o assunto das mortes do paisagista e do Provedor. Contavam as peripécias do dia. Cavalgaram em direção a Belém, e "não fosse a Maria Clara ser tão preguiçosa", era Violeta quem falava, teriam chegado lá. Estava exuberante, até no gesto que fazia ao pegar da bandeja, com as pontas dos talheres de prata, uma asa de galinha. O ar antigo e cenográfico, as sobrancelhas finas, os peitos indisfarçáveis, era um teatro de dúvidas. Nunca estivera tão parecida com a foto de Nadar.

    Sandro fixava o botão de nácar do tamanho de uma moeda, que ela trazia logo abaixo da garganta, fechando a gola rendada. O botão movia-se ao sabor das oscilações do peito. Era preso por fios de linha negra e luzidia, onde, por vezes, fuzilavam as chamas das velas.

    Ela levava um fragmento de comida à boca, e interrompeu-se para dizer qualquer coisa.

    Seus dentes eram parelhos, fortes, animais.

    — Não me respondeu. O senhor gosta de cavalos?

    Sandro despertou.

    — Não. Prefiro os cães. — E sentiu que por sua perna deslizava uma fria víbora. Levou a mão, e seus dedos tocaram a inesperada maciez de uma meia de seda. Ao levantar o rosto para Violeta, ela se fazia de desentendida. Voltava-se para a mãe, que a aconselhava comer mais do que a asa de galinha. Aquele toque agitava-o. No entanto, deixava que subisse por sua perna. Entorpecia-se.

Violeta batia com o punho na mesa para reforçar algo. Sandro disse que a preguiça de Maria Clara não era má. A preguiça possibilitava a criação artística. Violeta riu, e pela primeira vez Sandro viu suas gengivas rosadas. E ela retrucou:

– A Maria Clara não é uma artista, é só uma boba. – E todos riram, aliviando o pesadume.

Após a sobremesa, tonto de vinho, Sandro pediu licença e recolheu-se. Deitou-se. Acompanhava os ruídos das moças que subiam as escadas e, depois, o bater da porta do quarto em frente. Por alguns minutos escutou os risos. E baixou um silêncio lúbrico. Sandro preenchia-o com as forças de sua alcoolizada imaginação. Levantou-se, veio para o corredor. Andou alguns passos. A maldade que temos em nós fez com que encostasse o ouvido à porta de Violeta. Baixou com suavidade o trinco, olhou. O quarto estava vazio.

Voltou para a cama e dormiu com a mão sobre o peito. Um mosquito sobrevoava-o.

## 12

Na manhã seguinte foi fazer o retrato do Fiscal de Rendas da Alfândega. O Fiscal quisera posar em sua repartição, cercado de livros de contabilidade.

Um amanuense veio dizer-lhe que o Senhor Fiscal já viria. Sandro armava o cavalete quando o funcionário disse-lhe que não, que aguardasse a vinda do Senhor Fiscal.

Em dez minutos ele apareceu, gentil.

– Já recebeu o adiantamento, pois não?

– Sim. Obrigado. Podemos trabalhar?

O Fiscal fez uma cara de sofrimento, tinha enxaqueca. Sandro disse-lhe que poderia retornar à tarde, ao que o homem retrucou que não, à tarde talvez ainda não estivesse bem. Quando melhorasse, mandaria avisá-lo.

– Como queira.

Mas Sandro saiu de lá com a sensação de que nunca o Fiscal o chamaria.

À tarde, ele teve cancelados dois pedidos de retrato.

Ao anoitecer, o juiz da Primeira Vara enviou, por um oficial do cartório, uma desculpa escrita. Alegava doença, afazeres, etc.

Pronto: estava sem clientes. Os malditos porto-alegrenses, atrasados e supersticiosos, não queriam ter a mesma morte do Provedor. Espalhou-se a notícia, e era coisa sem volta. Cochichavam nas casas. Acabou num pasquim: um cronista, entre sério e divertido, disse que deveriam contratar "certo italiano" para pintar o retrato do feroz bandido Tranca-ruas, que assustava a cidade.

Perambulou pela beira do Guaíba, para ocupar suas horas vazias. Segurava o panamá pela copa, para não voar. Ia ver os navios no porto. Atirava pedrinhas na água, vendo-as ricochetear na superfície. Na rua dos Pecados Mortais achavam-no com uma "cara de desenterrado". A Antônia, condoída, quis que ele a retratasse. Ele recusou-se, amargo:

– Não quero que você morra.

E ela não falou mais no assunto.

# 13

Começava o frio em Porto Alegre, e a temporada de ópera. Sandro foi ao São Pedro a convite dos seus anfitriões para assistir à estréia da *Lucia de Lamermoor*. A caminho de Buenos Aires uma companhia italiana fazia escala na cidade. Isso era usual.

No intervalo, Sandro servia-se de champanha, encostado ao balcão do foyer. Violeta, a distância, bebia refresco de groselha. Olharam-se. Ela veio falar-lhe.

– Você está aborrecido.

– Sim.

– Que vai fazer, então?

Ele foi romanesco:

– Ah, sou um homem do mundo... em qualquer lugar estarei bem. Paris... Itália...

– Não vou permitir – ela disse. Deu meia-volta, deixando uma onda de perfume de vetiver. Retornava ao grupo de jovens que, junto à janela aberta, contava anedotas. Às vezes ela o fitava, séria. Levava o copo à ponta dos lábios. O líquido do copo era vermelho.

No dia imediato uma revolta varreu a casa. Ele escutava uma discussão de Violeta com a mãe. O tema era ele. Uma empregada veio chamá-lo para descer.

O advogado, no meio da sala, fumava, e D. Fausta estava a seu lado, os olhos vermelhos. Violeta, no canapé, folheava uma edição antiga de *l'Illustration*. O advogado lançou a fumaça para cima. Sorriu:

— Ao contrário da minha mulher, não acredito em superstições. Não acho que vou morrer tão cedo. Podemos iniciar o retrato? — E antes que Sandro pudesse responder, ele disse que desejava os três sentados num sofá, e o filho ficaria em pé. Decidiu, depois, que ficariam sentados ele, Violeta e o filho. A esposa estaria de pé, para evidenciar a beleza do vestido. O filho estava numa fotografia, um rapaz em uniforme dos cadetes e bigodes em ponta. A mão esquerda pousava sobre o punho do espadim.

Violeta largou a revista e exigiu ficar de pé, em traje de amazona.

— Quero posar como sou.

A mãe resignou-se. Deliberaram: ficariam no sofá o advogado, a esposa e o filho.

Em dois dias iniciaram as sessões de pose. Os três, estáticos, olhavam para Sandro. O advogado, solene como um cardeal, tresandava segurança. D. Fausta tinha o rosto aterrorizado pela morte iminente. Violeta olhava-o de viés, como fazia ao fixar uma pessoa. Mas havia algo mais do que admiração naquele olhar.

Sandro vira-a cavalgar, num domingo. O advogado o convidara para ir a sua coudelaria. Violeta demonstrara familiaridade com os cavalos. Colocara-lhes os arreios e saltara obstáculos igual a uma criança pulando a amarelinha. O advogado dizia-lhe "eia, eia". Violeta passava por eles e ria, deixando atrás uma nuvem de poeira.

O advogado oposicionista acordou-o:

— Faça-me com uma cara tremenda — exigia, irônico. — É para botar medo no positivista.

Sandro recompôs-se, deu início ao trabalho.

Violeta, desatenta, fez uma careta tão atrevida que ele teve a idéia de como seria belo captá-la naquela atitude. Isso, só com uma fotografia. Só Nadar.

As sessões pouco duravam, porque o grupo se desfazia a cada hora. À tarde, Sandro caminhava. Parava em frente ao atelier de Carducci, ouvindo os rumores de opulência que vinham lá de dentro.

Se morresse alguém fotografado por Carducci, ninguém tiraria conclusões mágicas: era da vida, morrer; e ainda agradeceriam ao fotógrafo por ficarem com uma recordação do morto. Se isso acontecesse com o pintor, desertavam, os miseráveis.

Agradou-se, porém: essa era mais uma prova do poder do retrato pintado sobre a fotografia. Só uma pintura reproduzia o interior da pessoa, só ela mexia com a profundidade humana, e só ela era verdadeiramente filosófica.

# 14

Carducci saía do atelier. Sandro tentou seguir adiante, mas o fotógrafo já o chamava.

– É comigo?

– Sim. Não gostaria de conhecer o meu estabelecimento?

Sandro ia dar uma desculpa, mas o gesto do outro, imperioso e afável, acabou por vencê-lo.

Dentro do estúdio vagava um cheiro de líquidos perigosos. Sandro conhecia mal o método fotográfico, apenas o que entrevia no indigente estúdio de Paolo Pappalardo, em Ancona. O que Nadar ocultara, Carducci hoje mostrava. Abriu a tampa de uma caixa-baú organizada em compartimentos quadrangulares. Ali estavam, acomodados, vidros transparentes de diversos tamanhos, com rótulos em francês. Continham pós e soluções. Também havia funis, tubos milimetrados, pequenos cálices em formato de sino e uma balança. No verso da tampa, um carimbo oval, em pirogravura: *Charles Chevalier – Paris*.

– É meu material – disse Carducci. – Essa caixa já vem pronta, da França, pelo porto de Montevidéu. Acompanha uma câmara portátil e um pequeno manual para os amadores. Claro que os pós e os líquidos acabam, mas ali

— e mostrava uma sucessão de garrafas numa prateleira — está a reposição que eu mesmo providencio. Agora vou lhe explicar como isso funciona.

E colocou um vaso com flores de tule sobre a sua mesinha de trabalho. Fotografou-o, revelou a chapa e copiou-a.

— Que tal? Não parece um quadro? Em preto e branco, mas um quadro.

— Bonito.

— Quer que lhe tire uma foto?

— Não sou bom modelo. Foi um desastre, a última que me tiraram.

A cara decepcionada de Carducci, entretanto, fez com que concordasse. E posou, inquieto.

Já com a foto na mão, teve uma sensação de alívio. Guardou-a.

— Está ótima. Quanto lhe devo?

— Esqueça. Venha para conversar. Afinal, temos o mesmo trabalho, embora cada qual a seu modo. — Carducci tossiu de modo preocupante. — Desculpe: como o senhor vê, a idade não traz só experiência. Que me diz? Não devemos criar inimizades. Somos patrícios. A cidade é tão pequena. Ademais, esse boato que corre a seu respeito é uma infâmia. Inventarem uma coisa dessas...

Sandro tornou-se sensível àquela generosidade.

— Virei qualquer dia desses. Aguarde.

No quarto, ergueu os óculos, pegou a foto. Estava ali, belo e imóvel. Era bem ele, tal como se enxergava no espelho. A concierge de Paris precisava vê-lo. Carducci, sim, era um excelente fotógrafo.

Não saiu mais nesse dia. Ao jantar, Violeta insistiu que ele bebesse. Subiu assobiando para o quarto.

Despiu-se, deitou-se. Examinou a foto até as pálpebras pesarem. Deixou-a na mesa de cabeceira e apagou a vela. E repassava o processo: em primeiro lugar, era preciso escolher a lente certa para a distância do modelo. A seguir, era ficar atrás da câmara e verificar, na imagem ao inverso, projetada num vidro opaco, se o modelo ocupava o centro do campo visual e se estava no foco. Então, devia inserir no suporte posterior o caxilho como vidro revestido pela emulsão de colódio. Cuidando para que não entrasse luz indevida na chapa, era tirar o obturador pelo tempo necessário, e isso era determinado pela maior ou menor intensidade de luz. A revelação e cópia eram ainda mais fáceis, pois tudo vinha escrito nos rótulos naquelas garrafinhas. E se ainda havia um manual...

Antes da inconsciência, raciocinou: até um macaco ensinado fazia aquilo. Seu primeiro sonho foi com uma alegoria das águas azuis do Adriático, Netuno de tridente, sentado em seu trono de algas... Nadavam golfinhos e baleias...

Mas bateram à porta. Levantou-se. No quarto ainda havia o cheiro do pavio apagado. Chocou o cotovelo na cômoda, amaldiçoou a escuridão. Tateando, achou os fósforos e o castiçal. Fez luz.

Ao afastar a porta, não teve tempo de perguntar. Violeta se aproximou e com o pé fechou a porta atrás de si, envolvendo-o num abraço de rendas e loções. Ficou tempo assim, recolhida e perfumada. Ele tentava dizer:

– Estou bêbado.

Violeta era dotada de uma graciosa cicatriz que dividia ao meio a sobrancelha esquerda. Ele deveria evitar esse pormenor no retrato.

Viu-a entreabrir os lábios, semicerrar os olhos. Sandro segurou-lhe a cabeça. Beijaram-se. Ele a conduziu para a cama.

Ela não era virgem. Ao vestir-se, atraiu-se pela fotografia. Pegou-a, ia guardá-la no corpete:

– É minha.

– Como queira. – Sandro hesitou, e acabou perguntando: – O que acha?

Ela trouxe a foto para mais de perto. Mordiscava o lábio inferior.

– Saiu igual a você.

– Como?

– Igual a você.

– Como?

– Igual.

– Mas como?

–...ah, muito guapo. E inteligente.

Menina, Violeta sumira durante um passeio à praia do Arado Velho, às margens do Guaíba. Os pais se desesperaram. Reapareceu após duas horas. Interrogada, afirmou que se afogara no rio. Contou que no céu fora ressuscitada por Santo Antônio e estava de volta.

# 15

Era junho, e Sandro estava apaixonado. Os telhados amanheciam brancos das geadas.

A vida resumia-se a Violeta. Idealizava-a. Quis desenhá-la no papel de Flora, a cabeça cingida por uma coroa de flores, segurando uma cornucópia. Desistiu: não haveria cores, não haveria traço que reproduzisse aqueles olhos ligeiros e a tensa mobilidade daquele corpo pleno de juventude.

Restava-lhe o retrato da família. Ficava uma coisa odiosa, cheio de problemas de luz e perspectiva. Nunca fora hábil com a perspectiva. Os volumes saíam chapados, duros. E humilhava-se com inserir alguém ausente, isso não se fazia. Falava ao José, o de suíças, o mais antigo empregado da casa:

— Estou perdendo a minha veia.

O José encolhia os ombros:

— O senhor deve comer mais churrasco.

Então, Sandro amava Violeta. Ela vinha ao quarto dele, e juntos escutavam os sons da noite, sem sobressaltos. As empregadas subiam apenas às nove da manhã, afastavam as cortinas e falavam alto "acorde, menina Violeta, como passou a noite?" Ela dizia haver sonhado. Enfiava a cabeça para baixo das cobertas, escondendo o riso.

Houve um milagre. Um funcionário do governo fora procurá-lo no *Ao Cornudo Galante*. Trazia uma solicitação para retratar o Presidente do Estado. Precisavam para entronizá-lo na Assembléia Legislativa. E ninguém na cidade pintava como ele.

Por incrível autorização do advogado, Sandro foi trabalhar em pleno Palácio. O advogado dissera "vá lá, pinte o crápula-mor, mostre a varíola para todos. Além disso, pode ser que ele tenha um ataque e rebente". Sandro corou de raiva.

O Presidente, um insone, exigira iniciar o trabalho às seis da manhã "para não perder tempo com essas frivolidades artísticas". Sandro abominava o horário. Seus dedos enregelados não comandavam os pincéis. O Presidente lia jornais enquanto posava. Riscava marcas a lápis vermelho nas matérias da Oposição. Era baixo, inflexível, e o cabelo rapado dava-lhe um certo tom militar. Era adepto de Auguste Comte. Meio gênio, redigira sozinho a Constituição do Estado, a primeira e única constituição positivista do mundo. Tinham como certo que ele se eternizaria na Presidência, pois doutrinava que as funções de governo eram destinadas aos melhores. No segundo dia de pose, disse:

– Por mim, mandaria fazer uma fotografia. É mais rápido, custa menos e é autêntica. Não me importo que saiam essas marcas do rosto. Ademais, não sei por que contrataram o senhor, sendo hóspede de um opositor político.

Sandro pousou o pincel na borda do cavalete.

– Não seja por isso. O senhor mande chamar o Carducci.

O Presidente sorriu, superior. Fez-lhe um sinal para continuar o trabalho.

Essas sessões deixavam Sandro à beira do desatino. Tinha ânsias de destruir o retrato. E desejava as noites, para estar a sós com Violeta. À noite falava sobre o Presidente e suas manias.

Num domingo gélido, abafados em casacões e com luvas de pele, foram a cavalo até Belém. Iam com as duas amigas de Violeta. Sandro não montava mal, descobriu: era só manter-se na sela. Fizeram um alto ao lado do cemitério, comeram pastéis, galinha frita e beberam os sumos das primeiras laranjas. Nessa noite, ele disse a Violeta:

– Nunca mais vou sair daqui.

Ela riu, e ele repetia, repetia aquilo, até que disse, sério de convicção:

– Um dia caso com você. Prometo.

– Me diga uma coisa.

– Sim, sim.

– Por que você quis ser pintor de retratos?

Ele olhou para as pontas dos dedos.

– Vou confessar.

– Confesse.

– Foi para conquistar muitas mulheres. Na época eu estava apaixonado por uma senhora, se chamava Catalina. Meu pai fazia o retrato dela.

Violeta olhou-o, admirada.

– E o que aconteceu com ela?

– Apaixonou-se por outro.

– Ah... coitado... – E Violeta puxou-o para mais perto de si.

# 16

Decorreram meses como se fossem dias. A primavera começava, e com muito vento. Sandro aprontara o retrato da família do advogado, e este nem sequer insinuara que ele deveria sair de sua casa. A esposa até pensava em mudar a decoração da sala de jantar.

O retrato do Presidente do Estado, com as marcas da varíola, foi ornamentar o salão de honra da Assembléia. Um correligionário mandou decorá-lo com dois ramos de palmas cruzadas.

– Virou César Augusto – troçava o advogado. – Ele não perde por esperar. Vai sair do Palácio na ponta das baionetas.

Para Sandro, isso de contendas partidárias era muito confuso.

# 17

O advogado viajara em suas manobras conspiratórias. Uma vez falara em revolução. A esposa, por decência, trancara-se no quarto com seus santos. Esperava-se que as esposas fizessem isso.

Viviam mais livres. Nas noites Violeta dizia, roçando a ponta do indicador no peito de Sandro:

– Alguma coisa vai nos separar.

– Nunca. Vamos nos casar, um dia. – E dizia com sinceridade. Todo o tempo anterior preparara-se para encontrar Violeta. – Você é mais importante que a minha arte.

Imaginaram ouvir alguém no corredor. Calaram-se. Ele apagou a vela.

– Não é ninguém – ela disse.

Sandro sentia-a, palpitante, a seu lado.

– Você não se casaria comigo?

Deu-se novo silêncio.

Então ela explicou que isso seria impossível, pois seu pai nunca iria consentir.

– Sempre a mesma coisa – ele não se conformava. –

Os pais jamais querem que as filhas casem. – E aumentou a voz: – É sempre igual aos romances.

Ela fez chhhh, tapando-lhe a boca. Levantou-se, verificou o corredor.

– O que foi?

– O vento da primavera – disse ela, voltando para a cama.

# 18

Não era o vento. No dia seguinte, retornando para casa, Sandro viu o José ao lado da porta, em camisa, alterado e vermelho, as mangas arregaçadas:

— Não entre. — E estendeu o braço, vedando-lhe a passagem.

Com um suor gelado nos cabelos, Sandro tentou gracejar:

— Que brincadeira é essa?

— O que eu disse. Espere aqui. — Em seguida o José lhe trazia o baú escarlate, a maleta de pintor, todos os pertences. — Saia da cidade, logo. Esconda-se, fuja. O patrão voltou da viagem e está procurando o senhor com um revólver.

Sandro petrificou-se:

— Com um revólver?

— Um *S&W* de cinco tiros. Vá, vá. Já providenciei o transporte. Vá, se não quer ser um pintor morto. Adeus. — E o José chamou um homem do outro lado da rua, que encostou uma carroça e, obedecendo a ordens prévias, foi botando tudo dentro.

— Vamos para onde? — o homem perguntou.

Confuso, Sandro disse a primeira idéia:

— Para a Antônia, na rua dos Pecados Mortais. — E subiu para a carroça.

Foram seguidos por uma chusma de crianças. Na Antônia, derreado num canapé, ele bebia um copo d´água açucarada.

— Mas o que aconteceu? Você imagina o que aconteceu?

A Antônia mostrava ao carroceiro onde largar o baú.

— Não, meu belo. Mas não é difícil adivinhar: uma empregada ouve barulho no andar de cima, sobe, escuta tudo. Espera o doutor voltar da viagem e conta para ele.

Mas aquilo era uma tragédia! E agora?

— Agora desapareça. Você pode ir para Rio Pardo, lá mora a minha irmã, a Moça. Ela também tem casa de mulheres. Se não se importar...

— E Violeta?

A Antônia riu:

— Vai ser moída a laço, se regenera e se casa.

Nessa noite, na cama da Antônia, Sandro escutava os ruídos do bordel: risadas, bater de copos. Enfiou a cabeça no travesseiro, tapando os ouvidos. Vertia à cidade um rancor múltiplo, indeterminado e destruidor. Mas nunca, nunca ele deixaria Violeta. À maneira dos poetas, jurou: por mais anos que corressem, ela seria dele. No geral esses juramentos líricos se cumpriam. Os romancistas é que estragavam os idílios.

Ao amanhecer, quando a Antônia o acordou, lembrando-lhe sua condição de fugitivo, ele tinha os braços cheios de picadas de insetos. Perguntou qual a melhor maneira de ir para Rio Pardo.

— Pelo rio, ora. — E a Antônia consultou o pequeno relógio sobre a cômoda, ao lado da uma estatueta de Santo Antônio. — E tem barco às nove. Vista-se.

# PARTE III

# 1

Foi pelo Jacuí, o de margens imprecisas. As árvores deitavam seus ramos à flor da água. Nos ramos, pulavam macacos. Alguns deles submergiam a mão, divertindo-se com o rasto na torrente.

Chegava a Rio Pardo ao entardecer, nauseado pelo bafio morno e espesso de água no verão, a que se misturava o cheiro do óleo da máquina. E mais uma vez desembarcava num cais fluvial. E agora, sem esperanças. O futuro era uma bruma de males.

A dona Moça possuía duas casas na cidade. Na primeira iam os militares e funcionários públicos. A mais opulenta, em que Sandro ficou, destinava-se aos estancieiros. Os aposentos principais guarneciam-se de bacia e gomil, e os colchões eram de crina.

Ao ver-se no quartinho dos fundos, o das empregadas, deitado na asquerosa tarimba de lençóis sujos, ficou numa imobilidade de morte. Deu-lhe um vago desejo de não ser ele o homem que vivia aquela situação grotesca....quantos mundos trilhados....Nadar hoje em seu atelier......em Porto Alegre, Violeta prisioneira...

Podia, sim, morrer. E concebeu uma sepultura de

mármore com a alegoria do Arcanjo São Miguel empunhando uma espada, vencendo o Mal. Dormiu imerso numa fadiga nervosa, de tanto desenhar na imaginação as firulas douradas das folhas de acanto gravadas sobre sua lápide.

# 2

Três meses transcorreram, e ele adoecia de amor. Violeta era a imagem que não conseguia apagar. Às vezes sonhava com o retrato de Sarah Bernhardt e não sabia com quem sonhara. Embebedava-se com vinho ordinário e cachaça. Criou o hábito de levar uma garrafinha no bolso. Era uma garrafinha arredondada e de lata.

As suas coisas de artista estavam no baú que se empoeirava num canto. Ele jogava suas roupas sujas por cima. A foto de Paolo Pappalardo, ele a deixou dentro do baú, junto com o livro de Cenino Cenini. Curzio Lanari não deveria saber o que acontecia a seu filho.

Rio Pardo não lhe apresentava nenhum atrativo, exceto pelas curiosas igrejas, coloniais e malcuidadas, nas quais imperava o aroma do cedro. As pinturas eram enegrecidas pela fumaraça das velas e do incenso. Ao pé dos santos, velhas sonolentas resmungavam intermináveis rosários.

E ele tinha problemas. A dona Moça dissera-lhe que não poderia mantê-lo de graça. Ele ofereceu-se para pintar-lhe um retrato, como pagamento.

Pintou-o em três dias. Deixou-a com dez anos a

menos, e com um chapéu francês. Era um retrato rude, sem verniz, mas o acharam "bem parecido", embora não fosse mais do que isso. Tornou-se famoso no bordel. O retrato veio para a sala, ao lado de um Coração de Jesus.

Voltava-lhe certo gosto pela vida. Numa quente manhã de março a cidade apresentava-se luminosa, pequena, cheia de sol. Do empedramento das ruas emanava um vapor morno, deformando as fachadas. Uma das mulheres, nova na casa, estendia fronhas no varal, e lançou um olhar esperto a Sandro. Ele a desejou.

– Como é seu nome?

– Lídia. Sou uruguaia.

Nessa noite, antes de a casa abrir, ela o ensinou a fritar peixes e a beber vinho no gargalo. Dois dias mais tarde, depois da sesta, ela o levava ao comércio, mostrando-lhe como distinguir o morim do percal. Deram muita risada juntos. Beberam cerveja quente até caírem num barranco, rasgando as roupas nas touceiras de unhas-degato. Sandro comprou-lhe um despertador com duas campainhas semelhantes a cogumelos metálicos e, ainda, um espanador de pó com as penas amarelas.

– Meu único medo – ela dizia, fazendo beicinho – é encontrar o diabo debaixo da cama.

Tornaram-se amantes, naquelas disparatadas paixões das cortesãs platinas. Nos domingos ele punha o panamá, que já se amolgava, e iam à missa e passeavam pelo cemitério. Liam, acima da portada, o dístico *Revertere ad locum tuum*. Sandro traduzia com seu latim de Ancona, e Lídia gostava do assustador arrepio que isso lhe causava. Subiam até a colina em que se vê a união do rio Pardo com o Jacuí, e se perguntavam como um rio pode mudar de nome. Ao voltar, Sandro detestava o seu quarto abafado, em que esperava Lídia desvencilhar-se dos fregueses.

Certa noite bateram à sua porta. Acordaram-se. Era um freqüentador da casa, um homem alto, de capa, que o procurava. Tinha o ar sujo de quem vem de longe. Pedia-lhe para pintar um morto.

Sandro queria entender:

– Um morto?

– Meu pai. São três horas a cavalo.

Sandro proveu-se às pressas de seus materiais de pintura e deu um beijo em Lídia. Nunca mais a veria.

Sem lua, percorreram o itinerário quase às cegas.

# 3

Era um falecimento notável, ele se deu conta ao entrar na casa de estância. O morto, um coronel fardado, de barbas negras, jazia em seu improvisado esquife de tábuas grossas, no meio da sala cheia. Como ainda fosse noite, havia candeeiros pendentes nas paredes. Vagava o odor queimado das velas.

Pelas poucas palavras do filho durante o trajeto, soubera que o defunto odiava fotografias, pois as pessoas lhe pareciam mortas. Os parentes não queriam que ele partisse levando a lembrança de sua figura. Mas queriam-no vivo, para que o enxergassem pendurado num prego. Antes de responder, Sandro desculpou-se, foi ao quarto de banho, e lá destapou sua garrafinha, bebeu. Abriu os postigos, olhou para fora. Se houvesse luz, ele veria duas vacas melancólicas, levadas por um peão para serem ordenhadas. Cantavam os primeiros sabiás. Deixou passar cinco, dez minutos. Já sentia os pés flutuarem sobre o piso. Retornou ao velório:

– Começo quando sair o sol.

Propôs aos filhos pintar o coronel numa alegoria bélica, dado que era militar. Seria representado numa armadura romana, empunhando o bastão de comando, Marte protegendo-o. Hoje faria um esboço, e então pintaria com vagar, obra de um mês, mais ou menos. Não deixaram que prosseguisse: o pai deveria ficar no papel de si mesmo, e o queriam para hoje. Sandro argumentou que perdiam uma ótima oportunidade para honrar aquele que já começava a ser antepassado de todos ali. E as alegorias eram a suprema criação da arte. Ignoraram-no.

 Quando veio o sol, Sandro pediu que o deixassem a sós com o morto. Atenderam-no sem queixa, e foram tratar de um churrasco.

 Pôs uma cadeira ao lado do caixão, e nela apoiou uma tela virgem. Retirou da maleta os potezinhos de tinta e os pincéis, dispondo-os num trinchador. Fixou olhos artísticos no finado.

 Eis um outro ganho do retrato pintado sobre a fotografia. O retrato pintado revivia um morto. A fotografia apenas poderia captar a hora fugaz antes da putrefação. Mas de certo modo aquele retrato pintado seria uma fraude.

 Mas não era fácil a tarefa de conferir ao falecido o rubor do sangue, dar-lhe olhos abertos, dar-lhe uma vida, um passado. Lutou durante toda a manhã. Debruçava-se sobre o caixão, conferia, voltava à tela. Trabalhava sem risco prévio, confiado em seu instinto. A palidez do cadáver era cada vez mais intensa.

 Ao meio da tarde percebeu um leve mas inconfundível cheiro de decomposição. Bebeu mais um gole, e outro. Iriam desculpá-lo: afinal, naquelas circunstâncias a pessoa tem o direito de enervar-se.

Um sacerdote paramentado de negro vinha à porta e perguntava-lhe se já aprontara.

– Não.

– Precisamos sepultar ainda hoje.

Sandro tinha o braço dolorido. Terminara a garrafinha de cachaça. O morto já fedia de modo alarmante. Tomou uma decisão: disse para soerguerem o coronel. Só dessa forma o retrato ficaria pronto a tempo do enterro.

E assim, forcejando contra a rigidez do corpo, o filho e um negro sentaram-no em seu caixão, e o seguraram pelos ombros. Era como um tétrico boneco de molas. Sandro foi para os pés do esquife e agora sim, via seu modelo de frente. Pintou como pôde e, insatisfeito, resolveu cobrir o rosto pintado do coronel com uma veladura geral de vermelho-francês: num prodígio artístico, o sangue voltou a correr debaixo daquela pele.

Terminou exausto, à macabra luz das velas. Deitaram o coronel para o descanso definitivo e arranjaram de novo as poucas flores ao redor do corpo. Veio a família para ver. Sandro os advertiu que a tinta estava úmida.

Trouxeram a viúva, muito jovem. Um véu negro cobria-lhe a cabeça. Ela mirou o retrato. Fez um sinal-da-cruz, aproximou o rosto. Com os lábios quase tocou os lábios da efígie. Dava a realidade imutável do amor a um corpo que celeremente passava a fazer parte da Outra Parte.

Enfim Sandro fizera algo de inesperado e nobre em sua miserável existência, ele, um homem perdido e enganador, ele, que sobrava no funcionamento geral do universo. Enterneceu-se com o poder de suas mãos, inaptas e terrenas, sempre à beira do desastre. Via-as, manchadas de tinta. Através do filtro líquido das lágrimas, as cores ondulavam e misturavam-se.

Velho, ele lembraria esse momento.

# 4

Os convidados ao enterro dormiram na estância, espalhados pelos corredores, amontoando-se as mulheres num quarto e o resto dos homens em outro. No café da manhã, um desses, um Desidério de barbas, pediu a Sandro para fazer o retrato de sua tia, para darem ao vigário de Cachoeira. Não era longe.

Ao meio-dia, guiado por Desidério e com duas libras no bolso, ele cavalgava em meio à fecunda horizontalidade do pampa. Descobria uma poderosa quietude naquele chão, uma força em potência, agressiva e muda. Via avestruzes correndo ao longe, e capões de mato que acompanhavam as sinuosidades dos rios. O céu e o campo confundiam-se em meio à névoa seca. Poderia pintar aquela paisagem em aquarela, quem sabe. Os cavalos bufavam a cada elevação. Viera bem abastecido de cachaça, o que motivou o comentário do outro, "o senhor se estraga". Isso, dito à maneira do campo e da economia verbal, atingia os ouvidos como se fosse uma bobagem.

Chegaram. Descerravam a porteira. Sandro conhecia, agora à plena luz, as casas dos estancieiros, sempre alastradas numa coxilha, térreas e baixas, sempre do século anterior, retilíneas, sempre trazendo, na frontaria, um renque de janelas e duas portas. Os telhados, de quatro águas, terminando em beirais um tanto curvos, dão ao edifício uma remota semelhança oriental. Há, nos imensos espaços interiores, errando como uma peste, um enjoativo odor de graxa. Os moradores são vagamente engordurados e pouco falantes.

 Sandro então viu: seu modelo seria aquela matrona obesa, senhora da estância e viúva. A mulher era de manias: ao sentar-se em meio à sala para posar, trouxe também seus trabalhos de mão. Os parentes sentaram-se para apreciar. As criadas espiavam por detrás do reposteiro. O vigário de Cachoeira precisava do retrato para adornar a sacristia, dada a alma generosa da estancieira, responsável pelos cálices, ostensórios e patenas de ouro, pelas alfaias em prata e, no fim de tudo, responsável pela existência do templo, pois obsequiara o terreno à paróquia e a pecúnia para construí-lo. A matriz de Cachoeira era uma extensão de suas posses. Mas tinha imensa preguiça em freqüentá-la.

 Sandro mirou aquele pescoço, aquele cabelo seco e grisalho, o barril da cintura. Estabeleceu alto preço, aceito sem comentários.

 Fez um chassi como pôde, desmantelando restos de um velho quadro que ninguém olhava. Para a tela, usou os panos de bordar de uma noiva da casa, falecida antes das núpcias. Tinha cheiro a cânfora e uma pequena gota de sangue. Sandro ainda contava com alguma tinta e pincéis, além dos potezinhos de pigmento.

 Trabalhou, fazendo um desenho rudimentar. Mostrou-o: a estancieira mirou o desenho com um olhar de ignorância opaca:

— Faça como bem entender.

Após a sesta, em que cozinhou a ingestão de uma garrafa inteira de vinho, Sandro veio à sala e a mulher lá estava sentada, tecendo um guardanapo de filé. Largou-o ao pedido de Sandro, mas pôs-se a bater com o pé no tabuado. Ele começou a transposição do desenho para o pano, usando seu sistema de quadrículas e proporções. Era quase noite quando ele disse que deveriam parar. Foi para o seu quarto, situado num canto da casa, com entrada pelo lado externo. Só adormeceu quando estava bem tonto. Nunca pintara diretamente sobre o tecido, sem preparo.

O dia surgiu. Espreguiçando-se à janela, ele pôde estudar melhor o lugar: as ondulações vagarosas das coxilhas pareceram-lhe o lento respirar de uma criança adormecida, e o silêncio, puríssimo, dominava sobre o pio das aves. Era um espaço primitivo, triste de tão belo. Aspirou o ar, que entrou límpido em seus pulmões. E teve uma idéia: desta vez, iria pôr uma paisagem — aquela paisagem — ao fundo do retrato. Obedecia à lição dos antigos artistas: sendo feio o modelo, é preciso adornar o resto. Quem, no futuro, visse o seu quadro, diria "que linda paisagem", em vez de pensar "que bruta cara, essa velha".

Falou à estancieira que pintaria um campo ao fundo, ouvindo em resposta:

— Com campo ou sem campo é tudo igual.

Adentrou uma jovem com pupilas de tinta verde-esmeralda matizada de azul-vitral. Sua beleza não era própria, mas alheia: em tudo assemelhava-se a Violeta. Era

Lilá, sobrinha da estancieira, uma desventurada órfã. Sandro apaixonou-se. Perdeu a naturalidade, pois era como se visse a outra.

Seduziu-a em uma semana. Ela o levara a um açude distante para ver peixinhos saltadores, e respondia às perguntas. Depois, à medida em que tirava as roupas peça por peça, ia desnudando seu confuso passado. Desconhecia as coisas da vida – exceto as do amor. Sandro possuiu-a em pleno ar livre. Mordeu-lhe o pescoço. Disse-lhe mentiras, chamou-a de Violeta.

Prolongou a estada na casa, inventando desculpas. Numa tarde em que estavam abraçados sobre a grama, ela balbuciou:

– Não tenho ninguém por mim... Aqui me maltratam... Me faltava um marido para me defender...

Esse silogismo, cheio de perigosas reticências, fez Sandro concluir que muito ela já havia falado aquilo para outros homens.

E apressou o trabalho, concluindo-o em poucos dias. Ao fundo do quadro viam-se colinas e ilhas de mato, e em meio a um céu côncavo e profundamente azul, vagavam nuvenzinhas à Giorgione. A beleza da paisagem comunicava-se à estancieira, de modo que não se sabia onde começava uma e terminava a outra.

A mulher pagou-o tirando o dinheiro de uma caixa de ébano lavrado, em cujo tampo via-se um perfil caprichoso, envolto por folhas de azevinho.

E veio um guri da estância vizinha. Trazia um recado: exigia-lhe a presença outra viúva. Queria retratar-se.

Em dois dias, deixando Lilá e suas habilidades, seus olhos coloridos e sua semelhança com o objeto de seu amor, mas convicto de que escapara a tempo do Destino, Sandro Lanari ganhava os caminhos do pampa.

E a lembrança de Violeta tornara-se mais aguda.

# 5

Fi-lo transformado em artista ambulante. Quando pintava numa casa, já o aguardavam em outra. Teve de organizar um caderno. Comprara uma desconjuntada charrete de molas duplas, um cavalo com um sinal na testa e contratara um índio como cocheiro, um guarani sem a vista esquerda. As estâncias ficavam a mais de quinze quilômetros uma da outra.

Mandara buscar suas coisas em Rio Pardo, e junto foi um bilhete para Lídia, explicando que a amava, mas precisava ganhar a vida. As coisas, incluindo seus materiais de pintura e *Il Libro dell'Arte*, vieram metidas dentro do baú vermelho, e acompanhadas de um bilhete pavoroso, cheio de insultos em espanhol.

Resolvera o problema da falta de telas já no início de seu périplo. Na estância do coronel Janguito Dutra conseguira uma peça de lona fina, provando-a num chassi que fizera com os restos de uma cama. Para fixar o pano, usou tachas de ferro que um dia iriam enferrujar. Fabricou muitas telas, de idêntico formato e tamanho. Recobriu-as com pó de gesso somado à cola de marceneiro, que funcionou como bom substituto da cola de coelho. Deixou-as secar.

Experimentou-as com o dedo. Cheirou-as: eram quase comestíveis. Acomodou-as na charrete, cobertas por enxergões.

E assim ia palmilhando o Rio Grande. O panamá tornava-se ruço, e suas roupas se transformavam; em dois meses ele poderia, ao longe, ser confundido com um gaúcho.

Às vezes ouvia falar da revolução que iria estourar.

Admirava o céu noturno, crivado de estrelas enlouquecidas que caíam como um risco de luz. Conheceu animais novos e complicados. Banhou-se em rios tão lodosos que os peixes tinham sabor a barro.

Nas estâncias destinavam-lhe a melhor cama, com bordados de ponto de areia sobre o linho. O índio gostava de dormir no galpão. Nas conversas com os proprietários, Sandro tomava mate, comia galletas argentinas, inteirava-se dos preços do gado. Nunca entenderia desses negócios.

Nos entardeceres, subia ao topo das coxilhas. Abria os braços para o céu e declarava-se infeliz. Bradava o nome de Violeta. Esforçava-se para mantê-la viva nas memórias do coração.

Considerava-se muito poético.

# 6

Passou-se um ano, e outro se seguiu. Fizera já vinte e três retratos.

No terceiro ano, o da revolução, convencia-se de que o Destino enfim o encontrara: tal como há alfaiates, há pintores de retratos. Por temperamento, por inércia, e porque lucrava dinheiro certo trabalhando de modo errante, não pensou mais no assunto. Pintou ex-barões, majores, padres, charqueadores em bancarrota, esposas. Pela pressa e displicência, suas telas simplificavam-se. Bastava-lhe uma certa semelhança. Envernizava-as com goma-arábica misturada a cachaça, e abandonara os pormenores.

Conheceu muitas mulheres. Conquistava-as para pô-las na pândega lista de Leporello. A algumas declarou amor. O fato é que Violeta martirizava suas idéias. Dormia com o nome dela nos lábios. Desenhou-a num mimoso camafeu, na pose de Sarah Bernhardt. Olhava-a todas as noites. Nessas ocasiões, ele se excedia na bebida e o mundo parecia-lhe pior.

Antes de ficar completamente sem tinta, precisara tomar providências. O índio ensinara-lhe a obter pigmentos das pedras, das folhas, das sementes de urucum e até do picumã dos ranchos. Em vez da essência de damar, usou goma-arábica de amálgama. Da cochonilha, esse insetinho que não passa de uma pequena esfera presa às árvores, obteve um cor-de-rosa como a pele dos bebês. Para o amarelo, servia o enxofre vendido nas boticas da Campanha, e o anil para lavagem das roupas deu-lhe o azul: custoso de aglutinar, era transparente em excesso, e foi preciso muito engenho para transformá-lo em algo útil. Quando viu nas botas de um gaúcho um barro seco e cor de telha, indagou-lhe onde estivera.

– Nas Missões.

A custo, Sandro conseguiu um pequeno saco daquela terra. Alcançou, dessa forma, o belíssimo tom das cores marrom-avermelhadas. A fim de poupar pincéis, experimentou penas dos corvos, e surpreendeu-se com o bom resultado.

Seus retratados achavam-no muito imaginoso.

Naturalmente que tudo isso era muito precário, mas quando a tinta começasse a craquelar e o pano se desfiasse, ele já estaria morto. E tudo seria atribuído ao tempo. *Tempus edax rerum*, ele sabia das *Metamorfoses*. De resto, ninguém teria visto algo melhor aqui no Rio Grande, terra tão inculta e provisória.

E para demarcar sua nova existência, libertou-se de *Il Libro dell'Arte*, jogando-o num arroio de águas confusas: "Vai-te, petulante, que não tens nenhum valor nesta parte do mundo".

# 7

Numa tarde de sol perpendicular, quando os campos incendiavam-se sem nenhuma causa e as labaredas eram alimentadas pelo vento Norte, eles saíam de uma estância de Bagé. O índio apeou da charrete, preocupado, e Sandro quis saber o que era. O índio fez-lhe sinal para que não falasse. Correu até a coxilha em frente e pôs a mão em pala sobre o único olho prestável.

Logo Sandro mirava uma coluna de cavaleiros armados. Poderiam ser mais de quinhentos. A coluna era uma serpente que subia e descia as colinas. Alteavam um estandarte militar. Atrás vinham carretas e dois canhões. Soava um clarim. O som, deformado pelo vento, chegava até eles como o grito agônico de um pássaro.

– É a revolução caminhando – disse o índio.

– Que revolução? – esquecia-se de que já ouvira falar dela.

# 8

No Rio Grande do Sul as revoluções ocorriam sem que as causas ficassem claras. Houve muitas revoluções. Significavam disputas de poder entre os senhores da aristocracia bovina. Na infância da República aconteceu um dos mais selvagens conflitos da História. As partes digladiavam-se nos campos sem fim. As pelejas eram travadas com fuzis, baionetas, lanças e facões, sob o comando de proprietários rurais improvisados em coronéis. Eles levavam seus servos para a luta, formando esquadrões de cavalaria. Eram esfarrapados, feios, sórdidos. Usavam chapelões com um palmo de aba. Diziam obscenidades e se embriagavam. No inverno, combatiam com os lábios gretados pelo vento Minuano, o que vem da Cordilheira dos Andes.

Como resultava caro manter os prisioneiros, matavam-nos. Esses infelizes eram organizados numa fila, e um homem cruel, chamado degolador, rasgava-lhes as carótidas com uma faca. O agonizante, entregue a si mesmo, levava as mãos à garganta, tentando estancar o fluxo de sangue. Dava alguns passos trôpegos, as pernas cediam e ele tombava. Já era um cadáver que contemplava o céu. Suas pupilas refletiam as nuvens, muito lentas. Após a agonia e a dor, instalava-se a serena beleza da morte.

Por vezes eram degolados cinqüenta em um só dia. Os coronéis esqueciam-se de comunicar esses morticínios a seus superiores. E os superiores dedicavam-se à política.

Em Paris, Rodin esculpia *Le baiser* em mármore finíssimo, e Debussy compunha o delicado *l'Après midi d'un faune*.

Nadar consolidava-se como o maior fotógrafo do século, ao retratar Debussy e Rodin.

# 9

Então viveu a mais surpreendente experiência de toda a vida.

    Descansavam sob uma figueira-do-campo. Iam em direção a Pelotas, onde Sandro pretendia comprar enxofre. Dali rumariam a uma estância próxima a Pedras Altas; desejavam-no para dois retratos.

    Fazia uma tarde de soalheira e azul. As poucas nuvens eram castelos de merengue. Sandro via como o índio bebia mate, num jeito altivo. Em outra época, iria pintá-lo. Como a conversação entre ambos fosse difícil, Sandro pôs os braços trançados sob a cabeça e voltou a fixar o céu entre as frondes da figueira.

    Acordou com vozes em volta. Eram homens fardados, cujas botas subiam até os joelhos. Traziam lenços brancos ao pescoço. Olhavam-no, curiosos. Eram uns dez, e portavam fuzis. O índio estava preso, as mãos amarradas.

    Sandro levantou-se, ágil.

    – Não me matem.

    Riram-se. Perguntaram-lhe se era argentino. Sandro forçou o sotaque:

– Non, italiano. Pintore artístico.
Um graduado falou aos outros:
– Ele pinta quadros, seus burros. – E deu uma ordem: – Prendam também. Vamos levar junto.
O acampamento era uma festa, porque davam risada e fingiam lutar à espada. Dezenas de barracas dispunham-se em linha. Subia a fumaça de um braseiro. Assavam um boi. Cachorros coçavam-se entre os homens.
Veio falar-lhe um oficial que disse chamar-se Praxedes. Era magro, cadavérico. A voz aflautada, contudo, soava em desacordo.
– Tchê, gringo. Não vamos te maltratar, se nos ajudar.
– Pois não, marechal?
Todos riram. Praxedes deu ordem a um cabo. Este voltou trazendo uma câmara fotográfica, que era um caixote rústico e preto, com o tripé.
– Sabe mexer nisso? – Praxedes apontava.
– Pode ser. Mas precisa muito mais para funcionar.
– Venha. – Praxedes, que na verdade era major, levou-o até uma carreta com tolda. – Olhe aí dentro.
Sandro reconheceu os apetrechos de fotógrafo. Tudo estava ali, inclusive a caixa-baú francesa com os líquidos e os pós. Calculou depois umas duzentas lâminas de vidro para fotografia. Aqueles recipientes de folhas de flandres deveriam conter os papéis fotográficos. Praxedes mandou que retirassem uma canastra. Dentro, acomodado em seu estojo de veludo, havia um jogo completo de lentes objetivas.
– Confiscamos isso de um fotógrafo que pertencia

ao inimigo. Meus homens degolaram ele. E daí, gringo? Sabe mexer?

– Acho que sim.

Sandro guardava uma esquiva idéia do dia em que assistira a Carducci no trabalho. Por ensaios, acertos e erros, obteve uma foto. O interior da carreta fora sua câmara-escura. Fechara a tolda e as possíveis entradas de luz. O índio prestara-se a servir de modelo. Resultou uma fotografia embaralhada e sem nitidez. O índio deu um grito quando viu-se a si mesmo. Em poucos segundos a imagem se dissipava à luz.

Numa outra tentativa alcançou resultado satisfatório: era um tenente com o revólver à cinta. O revólver brilhava ao sol, mas o rosto desaparecia nas trevas do chapéu. Sandro lembrou-se dos painéis brancos do estúdio de Nadar, e fez com que dois soldados segurassem tachos de cobre que captavam a luz e miravam-na no rosto: o tenente saiu com os olhos premidos, mas reconhecível. E Sandro aprendia a importância do líquido fixador.

# 10

A partir dali, Sandro Lanari tornou-se o fotógrafo da Quinta Unidade Legalista. Ia para onde ia a Unidade. Usava sua charrete, o que era motivo de piadas. Explicava que a viatura era necessária para transportar o material fotográfico.

Os oficiais queriam retratar-se a toda hora, dizendo que talvez fosse a última foto da vida. Sandro os punha sentados sobre cepos, as mãos nos joelhos. Controlava a luz mediante o estratagema dos tachos refletores. Mandava que ficassem parados. Zás. Os oficiais tornavam-se crianças ao ver a foto, riam e apontavam. Difícil imaginar que praticassem atos tão desumanos.

Como se oferecessem para pagar – eram desalmados, mas honestos –, Sandro aceitou, e acrescentava mais moedas no bolso. Muitas ainda traziam a figura do destronado Imperador. À noite, em sua barraca, escondia-as sob o corpo.

# 11

Quem o visse meses mais tarde, não o reconheceria com aquela barba e as duas cartucheiras de bandido atravessadas ao peito. Deram-lhe um fardamento pela metade, um poncho e o posto de capitão honorário. Como passasse a usar o chapelão militar, largou o panamá sobre uma pedra. Dois cães o disputaram numa briga colossal. Rolavam pelo chão e levantavam poeira. O panamá ficou em frangalhos.

Dormiam no acampamento ou mesmo em bivaques na maior parte das noites, mas às vezes eram acantonados numa estância. Os proprietários convocavam Sandro para retratá-los, e o pagavam por isso.

Não assistira a nenhuma luta, pois a política entrava num intervalo de letargia. Para ele, a revolução era um embate de lenços brancos contra vermelhos.

E começava outro inverno no pampa. As primeiras nuvens oprimiam o céu, e a paisagem tornou-se cinza. Os nevoeiros matinais não permitiam que se enxergasse até metade de um tiro de fuzil. A tropa juntava-se em grupos à volta do fogo. Quando falavam, saía vapor das bocas.

Bebiam, e Sandro bebia também. Tornava-se imprestável de tão bêbado. Quase morreu de tanto álcool.

Mas aperfeiçoava-se na arte. Refugava as chapas desfocadas, deduzindo que o defeito era do mau uso das lentes. Controlava o maior ou menor negrume na foto, estabelecendo os exatos períodos de exposição.

Ele nem pensava se aquilo ia durar. De resto, ninguém se preocupava.

Foi tomado pela inédita sensação de não ter passado nem futuro, e que o Destino, depois de encontrá-lo, esquecera-se dele. Vinham-lhe lembranças confusas, Paris, Violeta, o pai, mas pareciam figurar numa ação de fantoches que falavam uma língua desconhecida.

Sem remorso, constatou que a pintura não era forte em seu espírito, tanto que a abandonara como se nunca a tivesse praticado. Aquilo era coisa de Curzio, que o obrigara a ser pintor. Mas o que ele, Sandro, na verdade queria? Era um menino, em Ancona, e naquele tempo, o mais importante era Catalina. E fizera uma mistura tremenda. Dois homens o habitavam: aquele que pintava e o Outro, que precisava seguir a obscura vida.

— Sou eu mesmo ou sou o Outro? — perguntava ao índio.

— Acho que é o outro.

# 12

Desde a manhã recebiam notícias de uma força hostil, a cerca de meia légua dali. O major Praxedes mandava que duplas de batedores fossem de hora em hora para saber-lhe a exata localização. O campo eriçava-se em coxilhões abruptos e pedregosos.

Os batedores voltavam dizendo que os inimigos marchavam na direção do rio. Eram cerca de duzentos homens. O major Praxedes fazia riscos no chão e os discutia com seu estado-maior. Os oficiais acocoravam-se à volta dele, coçavam as barrigas. Isso era a tática militar, assunto impenetrável para Sandro Lanari, tal como o foi para Fabrizio del Dongo em Waterloo.

Decidiram atacar pela madrugada, divididos em duas linhas paralelas ao rio. Não poderiam dar oportunidade a que os inimigos construíssem pontilhões para vadeá-lo.

O estado-maior quis tirar uma fotografia em conjunto enquanto estivessem todos vivos. Colocaram-se lado a lado, três sentados, três em pé, os seis de barba, chapéus grandes e lenços. Na hora de abrir o obturador, cruzou pela frente um cão, o que Sandro não notou. O cão saiu na foto como um objeto alvar, borrado e com uma cauda.

Veio a noite, e o acampamento dormiu. Só duas sentinelas vigiavam: "três horas e tudo em paz". Sandro, insone, temia não chegar com vida à manhã seguinte. O guarani achava graça:

– Índio está acostumado a apanhar.

Amanheceu um céu encoberto. Os soldados levantaram-se, urinaram sobre a grama, comeram bolachas duras como granito e, sem tomarem mate, puseram-se a cavalo, formando duas linhas. Atrás de cada uma das linhas rolava a carreta da artilharia, puxada por uma junta de bois. Quando sumiram na primeira coxilha, instalou-se uma paz imensa, como se não existisse a revolução. Ouviam-se até os pássaros e o farfalhar dos maricás. Sandro não foi com a tropa, pois o major Praxedes antes lhe dissera "o índio vai, você não, não adianta todo esse tamanho se não sabe pegar uma arma".

Também permaneceram no acampamento o cozinheiro e uma guarda de oito homens.

Passaram-se duas horas em que nada aconteceu. Sandro caminhava de um lado para outro. De repente ouviu-se um estouro.

– Começou, começou – ele gritava.

– Fica quieto, ô bobalhão, é só uma trovoada – disse alguém.

Mas logo o combate era feroz. Sobre o troar grosso e sincopado dos obuses e morteiros, estalavam, secos, os tiros dos fuzis. E aquilo vinha reboando pelo pampa num anúncio de cataclismo. Os joões-de-barro saíam de seus fornos suspensos e batiam asas em vôos de desespero. Na linha do curto horizonte, por detrás da coxilha, levantavam-se nuvens de pó e pólvora.

    Sandro perguntava aos soldados quem vencia, e não lhe davam importância. Tratavam de fugir dali. Não discutiram muito: em seguida se embrenharam no mato, levando tudo o que podiam carregar. Sentado numa pedra, estava o cozinheiro, um velho gordo, cabelo à escovinha, de bombachas e alpargatas. Escarrou forte:

    – Todo mundo debanda, nessa revolução de merda.

# 13

A refrega já durava quatro horas, entremeada de pausas angustiantes, às quais se seguia o recrudescer das saraivadas da metralha. Os gritos venciam as distâncias, e os toques dos clarins soavam irregulares, nervosos. O cozinheiro interpretava-os:

– Agora estão tocando *avançar artilharia*.

O chão tremeu com uma seqüência de canhonaços. Os ouvidos de Sandro ficaram zunindo. Seguiu-se uma resposta persistente dos obuses, mas tímida: alguém perdia as forças. Se o fim do mundo tivesse um lugar para acontecer, seria lá.

Meia hora depois estabeleceu-se um silêncio pressago, que todos entenderam como definitivo.

Ouviu-se um toque majestoso, em que cada nota possuía a solenidade das coisas muito pausadas. O cozinheiro ergueu o dedo:

– É o toque da *vitória*.

Sandro perguntou:

– E agora?

O outro arregalou os olhos e pôs a mão em lâmina na garganta, atravessando-a de lado a lado:

— Agora, meu capitão, é a hora da faca.
Sandro aprendeu, quase sem acreditar, o que era a degola.
— E quem venceu?
— A julgar pelos tiros, nós.
Veio um sargento a galope. Apeou, fez continência e confirmou que os inimigos estavam derrotados. Perguntou pela guarda e, informado da deserção, praguejou alto. Disse a que viera: trazia a ordem do major Praxedes para que Sandro fosse ter com eles, e urgente. E que levasse "a máquina". Ele, o sargento, iria guiando a charrete.
Pouco depois chegavam ao campo da batalha, à margem do rio.
Sandro não respirava: dezenas de cadáveres dispersos jaziam em posições excêntricas, despojados de tudo que fosse aproveitável. Um deles, bem próximo, trazia uma bota ainda calçada. Entremeavam-se aos montes de bosta e aos corpos desventrados dos cavalos. Vagava um cheiro queimado de pólvora. As moscas grudavam-se à pele. Aqui e ali, ardiam fogueiras. A terra coalhava-se de restos confusos: estopins, projéteis deflagrados, bandeiras em trapos, tambores, cartucheiras vazias, cantis, malotes rotos. Os moribundos estertoravam em meio a lagos de sangue. Ninguém os atendia. Dois corvos pousavam nos ramos de uma pitangueira. Os frágeis ramos vergavam.
Então, o sublime: o instinto alegórico de Sandro Lanari fez surgir dentre as nuvens o negro Anjo da Morte soando a tuba do Apocalipse, ruflando suas amplas e silenciosas asas de prata sobre a mortandade. O rosto possuía traços gregos, e as órbitas dos olhos fixavam muito

além dos tempos. Em sua ronda, recolhia as almas que se erguiam dos corpos, uma a uma, e as conduzia num lento cortejo, penetrando a massa das nuvens e desaparecendo nos céus.

Levaram-no à frente do major. A imagem do Anjo era muito forte no espírito de Sandro.

Praxedes tinha um ferimento na testa. O sangue descia até as sobrancelhas.

– Trabalhe.

O trabalho era registrar o teatro de operações. Iriam mandar as fotos para o Presidente do Estado.

– E o meu índio?

O major mandou saber, e vieram com a informação: salvara-se sem moléstia maior, e estava tomando banho no rio.

Sandro então retirou o seu material da charrete, preparou as chapas, armou o tripé e ajustou-lhe a câmara. O sargento levou-a para um lugar mais elevado.

Bateu duas chapas. Via, atrás da máquina: as pessoas ficavam pequenas como gravetos e não sofriam. O campo de batalha transformava-se num quadro de amenidades.

Num desvão de mato altearam-se risos debochados.

– O que é isso?

– É o Adão Latorre que está degolando – disse o sargento. – Já se foram mais de dez. – Teve uma idéia. – Vamos até lá, capitão. – E agarrou a câmara e o tripé.

Vencendo a repugnância e o medo, Sandro fascinou-se pela possibilidade de viver uma experiência monstruosa.

À frente de um grupo de soldados erigia-se o vulto sombrio de Adão Latorre. Era uma pausa na carnificina. Latorre tinha o torso nu, lavado em sangue. Os cabelos empastavam-se de suor. Limpou a testa com as costas da mão que empunhava a faca. Era uma faca pequena, infantil. Entregaram-lhe um jovem de rosto digno, barba cerrada. Na Europa, poderia ser um príncipe. Em meio a insultos obrigaram-no a ajoelhar-se. Latorre veio por detrás. Em sua mão, a faca luziu. Com ela bateu de leve no nariz do prisioneiro. Surpreendido, ele alçou a cabeça. Num movimento rápido, Latorre cortou-lhe as carótidas. O homem tombou para a frente, rendendo-se à morte como se a esperasse desde o nascimento. Os esguichos de sangue pulsavam, ampliando a enorme mancha escura do chão. Os soldados riam. Um deles chutou o flanco do moribundo.

Latorre limpou a testa mais uma vez. Ao fazer isso, ergueu o rosto. Corria uma penumbra de maldade naquela mirada.

O sargento disse a Sandro que batesse uma chapa.

– Sim... – o olhar de Latorre o magnetizava.

Acertou a lente objetiva na câmara, cobrindo-a com o obturador. Ajustou a posição do tripé. Seus dedos mal obedeciam. Todos esperavam, estáticos e intrigados. Veio para detrás do pano preto. Na escuridão, via tudo pela imagem invertida. Focou. Pôs uma chapa virgem no encaixe.

Traziam mais um para ser morto. Era um homem forte, apolíneo. Seus músculos rasgavam as costuras. Mandaram que se abaixasse. Como relutasse, sujeitaram-no, colocando-o de joelhos.

Latorre se preparava.

– Não! – Sandro destapou-se, levantou o braço, gritou. – Não!

Latorre suspendeu o movimento. Hirto de terror, o prisioneiro fixava a câmara.

Deu-se uma aberta de sol. Sandro tirou o obturador, fechou-o. E num único gesto, Adão Latorre degolou o prisioneiro.

A última imagem, aquela que o desgraçado levaria para a eternidade dos séculos, foi a de Sandro Lanari, o braço erguido, na atitude de quem deseja impedir algo.

# 14

Ele alegava perante o major Praxedes. Queria ir embora. Mentiu que acabara o material fotográfico. Na verdade, não conseguia mais dormir, de tantos pesadelos com o degolado. Saindo da revolução, talvez o esquecesse.

O major preocupava-se mais com a ferida, que se arruinava:

— Vá, gringo. Deixe aí as fotografias. Pode levar o resto.

O índio teve de ficar, pois era considerado meio escravo. Despediram-se. Sandro ofereceu-lhe dinheiro. Ele recusou e deu-lhe as costas. Sandro chamou-o, mas inútil: e não sabia o que era a esfera de remorso que se formava em sua garganta e o impedia de engolir a saliva grossa.

Sandro partia: deixava para trás sua vida de pintor. Tudo ficara sobre uma coxilha. A primeira geada do ano recobriria a maleta dos pincéis. A chuva, ao penetrar a caixa de cartolina das aquarelas, dissolveu e misturou as cores, criando um arco-íris que foi aos poucos absorvido pelo solo. Em novembro um quero-quero depositou os ovos ali perto.

Sandro equipou sua charrete, acomodando, também, o material fotográfico. Com ajuda de um major que dava baixa por haver perdido um braço, Sandro alcançou Rio Pardo. Vendeu a charrete e o cavalo.

Como podia pagar, a dona Moça aceitou-o. Lídia não estava mais lá. Fora-se com um mascate para o Uruguai.

Trouxera algumas chapas já impressionadas. Fez de seu quartinho uma câmara escura, ansioso por trabalhá-las. Uma em especial.

A chapa nadava no líquido revelador. Surgiam manchas mais claras e mais escuras. A tensão era tanta que ele mal conseguia segurar.

A gigantesca figura de Adão Latorre dominava. À sua frente, ajoelhado, o prisioneiro lançava um olhar à câmara, e teria nos ouvidos o "não!" ao ser executado, o "não!" de Sandro. O infeliz tivera, ali, uma ocasião de esperança. Era um olhar terrível, suplicando por mais um minuto de vida.

Copiou-a. Nadar nunca teria obtido uma foto como aquela. Nadar era um fotógrafo de maricões, safados e financistas. Em tempo algum passara por seu efeminado estúdio algo que se comparasse com aquele drama.

Sandro mergulhava o papel no fixador. Essa foto seria o sinal de sua arte. Valia mais que todas as fotos de Nadar. E voltaria muito a ela, como quem volta a um fetiche. Para sinal visível do caráter único daquela foto, quebrou a chapa do negativo.

Denominou-a, a partir daí, de *Foto do Destino*: o Destino decretara aquela execução. O Destino o enviara para ali, com a sua câmara. Nada pudera contra essas forças insondáveis. Alguns julgariam pouco o "não!", mas foi o "não!" que possibilitou trazer à posteridade o trágico instante em que se revelavam a um homem, e de modo irremediável, os arcanos da Morte.

    Decidiu, então, que uma outra pessoa no mundo, somente uma entre todas sobre a face da terra, só essa pessoa deveria pousar os olhos sobre a *Foto do Destino*.

# PARTE IV

# 1

Ficou um ano em Rio Pardo. Refez seu guarda-roupa. Comia bem, para esquecer-se da revolução; engordou onze quilos. De Montevidéu encomendou o material fotográfico francês, e trabalhava para quem lhe pagasse. Montou estúdio numa dependência alugada à casa canônica. Muitos notaram que ele percorria todas as tardes o caminho que ligava ao bordel. O vigário indignou-se quando soube desses hábitos do seu inquilino, e mandou-o porta afora.

Procurou outro lugar, mas nenhum lhe pareceu bom. Foi a dona Moça quem lhe disse:

— Fosse eu, voltava para Porto Alegre.

— Lá não me querem.

Ela então mandou saber algo pela irmã. A informação foi simples: com tantas preocupações políticas e revolucionárias, a cidade havia esquecido Sandro Lanari. Deveria confiar: a mana Antônia era prática nesses assuntos de sociedade e malquerenças.

Assim, em poucos dias ele estava em Porto Alegre, e de novo na Pensão Itália, no mesmo quarto de antes.

O retrato de Paolo Pappalardo retornou à parede,

já com três furos de pregos. Sandro não sabia como julgar o pai, que o mirava com uma face dissolvida pelos anos.

Saiu. Andou na rua da Praia pela calçada direita e pela esquerda, fez-se visto, tirou o chapéu às damas, assobiou. Ninguém aparentou reconhecê-lo, exceto Carducci, que o observara com algum significado.

O que seria pesadelo, agora era salvação: poderia começar sua vida, como naquele dia em que chegara a esta cidade. E o que a vida lhe anunciava era seu ofício de fotógrafo.

Vinha o outono, e o ar ganhava a oblíqua cor de mel que tanto encanta os porto-alegrenses. Alongavam-se as sombras das pessoas. Sandro ainda trazia a barba da revolução; apenas a domara, recortando-a em ponta. Assumira o ar de real artista. Parecia mais alto.

Na rua da Igreja, parou em frente à casa do advogado. As janelas estavam cerradas, e crescia musgo na soleira da porta. Perpassou-lhe um tremor de frio.

Foi no *Ao Cornudo Galante* que soube da inteira desgraça: como a facção do advogado levara a pior na guerra civil, e ele fora assassinado por um desafeto. A mulher morrera da gripe. O palacete fora confiscado pelo governo para ressarcimento de impostos. Os inimigos entraram e destruíram o que encontraram. Quebraram os móveis. O retrato que Sandro fizera acabou no meio da rua, retalhado a golpes de adaga.

Veio desabafar-se com a Antônia, e suplicou-lhe que indagasse por Violeta. Desde a volta, era a primeira vez que lhe pronunciava o nome. Pela perturbação que o atingiu, soube que precisava vê-la.

A Antônia, sem muito trabalho, descobriu que ela vivia na casa de uma tia-avó na Cidade Baixa.

## 2

Sandro procurou-a no domingo à tarde. Sem se importar com as chacotas vindas das janelas – "aí, maricas!" –, levava um ramalhete de quaresmeiras. Ao bater a aldrava da porta, que tinha a forma de uma argola de bronze mordida por um leão, era como se um baque fizesse cair suas entranhas.

Violeta mesma veio abrir, e disse um "oh", como quem depara com um fato surpreendente, mas inevitável. Escondera os belos cabelos de Sarah Bernhardt num coque envolto por uma rede negra.

Ele, embaraçado, tirou o chapéu.

– Boa tarde. – Não sabia o que dizer. – Meus pêsames.

– Obrigada.

Sandro entregou-lhe o ramalhete, que ela agradeceu com um suave inclinar de cabeça.

Toda ela arredondara. Seus seios eram maiores, como os da mãe. Vestia-se de luto, e ganhara idade. Ela o convidou a entrar e apresentou-lhe a tia, uma anciã curvada, que iria revelar-se muito indiscreta e carola. Havia, por tudo, aquele cheiro aguado e acre que vem das cozinhas depois que as louças estão lavadas. As samambaias, na sala, chegavam até o chão. Um gato cinzento vigiava sobre a cristaleira.

Ao sentir o peso de seu corpo sobre o sofá de palhinha, Sandro soube de uma verdade imprevista e definitiva: sua alma envelhecera para o amor. Todo o tempo estivera em erro, ao bradar pelas campinas uma paixão que já não tinha capacidade de experimentar. Muito já havia devorado, na vida; agora conhecia a lassidão de uma fartura saciada a amolecer seus membros.

E Violeta, em sua carne maternal e lenta, significava o anúncio do Destino. Era o sinal de que ele precisava para ordenar-se a si mesmo, entendendo que sua procura, enfim, terminara.

Falaram-se. A tia caminhava pela casa, mal disfarçando a curiosidade ao trazer broas de milho e copinhos de licor de bergamota. Sandro deixava-se impregnar por aquela atmosfera doméstica, agora hipnotizado pela cadência do movimento pendular de um relógio *Regulator* que, alto e escuro, servia de tremó entre duas janelas entreabertas.

Quando a tia, já entregue à bisbilhotice descarada, veio dar corda ao relógio, ele mergulhou na reconciliadora voragem da paz. Aquela mão encarquilhada que torcia e torcia a chave no mecanismo para que este continuasse a fazer o mesmo de sempre, era o Destino dizendo a Sandro: tudo gira, tudo se move e, a despeito do que façamos, tudo tem seu inexorável curso, nada pode ser mudado.

Sorriu para Violeta, e ela lhe sorriu com amabilidade. E, como se sabe, o sorriso amável trocado entre um homem e uma mulher significa o fim de qualquer paixão. As pessoas que se desejam são muito sérias.

# 3

Cortejou-a à maneira social, e gostava que assim fosse, pois era como agiam os homens circunspectos daquele século. Visitava-a nas quartas-feiras à noite e nos sábados à tarde. Provava do chá e comia broas de milho. Depois, um copinho do licor. Na terceira visita ele já cruzava as pernas. Falavam sobre qualquer coisa que houvesse ocorrido na rua, ou sobre a revolução. A tia vinha para a ponta da cadeira, suspensa aos lábios de Sandro, que narrava de modo artístico seu terrível encontro com o degolador Adão Latorre.

– Até bati uma fotografia.

Como a tia insistisse em vê-la, ele desconversou:

– Perdi. Não a tenho mais.

Violeta escutava essas coisas. Sandro olhava-a de revés. Ao cansar-se das degolas e tiroteios, ela ia mimar o gato. O antigo alvoroço fora substituído por uma paz anônima e certa tristeza. Assim são as mulheres depois de tempos, Sandro refletiu.

Num dia em que o termômetro francês da sala baixou para dois graus Celsius, ela o convidou para se aquecerem na cozinha. Sobre o fogão, numa panela de ferro, ferviam pinhões da Serra. Violeta olhava para as borbu-

lhas que saltavam e vinham estourar sobre a chapa, erguendo fios de vapor.
– Ele perguntou em que ela pensava.
– Em nada.
Ele não quis ir além. Outro dia, talvez, perguntasse com mais veemência.

Assim foi o inverno. A água da chuva escorria pelo beiral da casa e eles a escutavam derramar-se no lajeado do pátio.

Nos inícios de setembro, quando fez o primeiro dia tépido e ventava, ele a pediu em casamento. Estavam a sós. Violeta não se surpreendeu, apenas baixou os olhos. Sandro a fez recordar-se de uma conversa que tiveram no passado, quando ele prometera casar-se com ela.

– Sim, lembro – ela respondeu. E disse que aceitava, pois a quem tudo perdera, tudo era ganho.

Sandro chegou-se mais perto:
– Mas que não seja por dever.
– Há uma idade em que o dever é a satisfação. – Sim, casava-se, mas acrescentou que, em virtude de seu atual estado, não tinha nenhum bem para trazer ao patrimônio do casal.

– Não é preciso. – Sandro alegrou-se: Violeta dependeria dele por inteiro. As grandes tragédias têm suas virtudes.

Com a pressurosa anuência da tia, que se encarregou das providências sociais e do enxoval, trocaram alianças e fixaram a data.

E Sandro então soube, com um pesar em que havia algo de contentamento: nada mais aconteceria em sua vida.

# 4

Nesse meio tempo, instalava-se com atelier de fotografia na rua da Praia, ao lado da Pensão Itália. Com os preços mais baixos da cidade, seus primeiros fregueses eram balconistas e criadas de servir. De início, um estabelecimento de porta e janela, sem nenhuma identificação. Um mês depois, com o aluguel da casa ao lado, que Sandro passou a usar como residência, o atelier passou a ter duas portas e duas janelas. Dali espreitava o estabelecimento de Carducci. Cumprimentavam-se com dois dedos na aba do chapéu. Da parte do velho fotógrafo havia curiosidade; já Sandro cultivava o temor de não ser bem-vindo e, por isso, abreviava aqueles atos de cortesia. Ambos sabiam, entretanto, que apenas protelavam o reencontro.

Como a bebida fosse incompatível com sua nova condição, Sandro embriagava-se a valer apenas aos domingos. Ficava imprestável. Mas a cada domingo concluía que precisava largar aquilo, e adiava para o domingo seguinte.

Voltara a freqüentar a Antônia. Receando agora contrair alguma daquelas doenças, apenas jogava dominó com as mulheres. Numa noite, explicou à Antônia que não poderia mais visitá-la. Estava noivo. Ela que, por profissão, perdoava tudo a seus fregueses, fez-lhe uma pequena festa de despedida. Havia umas quinze pessoas. Abriram garrafas de vinho e champanha. Cantaram. Abraçaram-se. Na saída, ele cambaleante, a Antônia abotoava-lhe o casaco e punha-lhe o chapéu. Quis saber se ele estava mesmo apaixonado por Violeta.

– Apaixonado, eu? Entenda: ela vai ser minha esposa.

A Antônia então beijou-o na testa e desejou-lhe felicidades.

# 5

Quando Carducci apresentou-se no atelier, tirando o chapéu e pedindo para entrar, Sandro saiu de sua espantada imobilidade, saudou-o e apressou-se para oferecer-lhe uma cadeira.

Carducci transformara-se numa caricatura: a papada dançava por debaixo do queixo, a pele tinha uma assustadora cor cerosa, e o nariz parecia maior. Usava uma bengala. Tossiu forte. Limpou a boca com um lenço.

– Custei a vir, não? – Observava em volta. – Você vai bem no seu comércio?

– Consigo para comer.

Carducci sorriu, triste.

– Me conte tudo, essa transformação. Como você virou fotógrafo? Velhos gostam de ouvir histórias.

– O senhor não está tão velho.

– Estou doente, o que é a mesma coisa.

Sandro mandou vir café.

Carducci escutou-o. Suas mãos de pergaminho apoiavam-se no castão da bengala, que representava uma serpente com olhos de rubi. De vez em quando ele perguntava, e franzia a testa às respostas.

Esse foi o preâmbulo da aproximação. Deveriam ser amigos, e entregaram-se a esse fato. Passaram a visitar-se, trocavam fórmulas e avanços da fotografia. Havia agora a solução gelatino-bromídrico de prata. As câmaras eram cada vez menores.

Carducci abanava a cabeça:

— São os modernismos.

# 6

Casaram-se na igreja das Dores. As azaléas floriam, brancas, lilases, raiadas, vermelhas. Carducci e sua mulher deram-lhes de presente uma coberta de chá, em porcelana de Vista Alegre. O desenho, em azul sobre branco, era de ramagens formando guirlandas.

A tia, a convite de Sandro, veio morar com eles. Muito perguntadora, distraía-os quando os via quietos. Encheu a casa de padres, que vinham almoçar e jantar em dias certos. Sandro não se importava: batinas são a solidez de uma casa. Assim também pensava Curzio Lanari.

O retrato de Paolo Pappalardo voltou à parede, agora numa moldura, e na sala. Notavam-se, todavia, as marcas de pregos que ele em vão tentara disfarçar. Sandro não sabia o que pensar de si próprio, tão moço e pintor, naquele dia de Ancona.

Uma vez enxergou Violeta à janela, e achou-lhe um interessante perfil. Perguntou-lhe se poderia fotografá-la.

– Se você quer.

À tarde estavam no atelier. Sandro colocou-a sentada, segurando uma sombrinha com rendas. Pediu-lhe que olhasse para a lente. Foi para detrás da câmara.

— Não se mova.

De súbito ele enfrentava um olhar que surgia, e que não era o de hoje, mas o de ontem, do passado, um olhar constrangedor. Não era certo que sua mulher ainda ostentasse aquele olhar.

Ele ordenou, impaciente:

— Vire o rosto para o lado.

Ela obedeceu. E Sandro acionou o obturador.

A fotografia destinou-se ao álbum com capa de veludo azul e cantoneiras em latão vermelho, igual ao que possuíam todas as famílias para distração das visitas. Essa mesma foto serviria, alguns anos depois, para fazer-lhe um retrato em porcelana oval, com um fio de ouro contornando as bordas, e que pode, ainda hoje, ser visto na necrópole da Azenha, em seu túmulo.

Ela ali está, olhando para o nada.

# 7

Sandro fez imprimir cartões de papelão rígido em que colava as fotos, que eram de cor sépia, para seguir a moda. Pintara, como cenários, belas imagens de florestas, ruínas de templos gregos e nenúfares, deixando-os à escolha do cliente.

Foi o primeiro a instituir em Porto Alegre o sistema *carte de visite*, já abandonado na Europa: com uma geringonça dotada de quatro objetivas, tirava simultaneamente quatro fotos do mesmo modelo. Depois, recortava o papel em quatro partes e colava-os nos cartões. Isso diminuía os custos. Também pôs em moda o luxo dos retratos em lenços de cambraia, que as pessoas deixavam à mostra quando se assoavam.

Cuidou melhor da vitrina, colocando bustos de gesso, panóplias de armas, animais empalhados, caveiras. Assim eram as vitrinas dos fotógrafos da época.

A grande novidade foi o colorido: pintava em aquarela sobre as fotos, e assim rosavam-se as maçãs do rosto, e os nenúfares obtinham uma preciosa cor verde, em três tons. Seus trabalhos iam para as paredes e a maioria pensava tratar-se de uma pintura. Imprimiu no verso: *Sandro Lanari – retratista*.

A pedido dos clientes, também passou a fazer fotos que se pareciam a desenhos, águas-fortes, litografias. Bastava um pouco de técnica.

Ante esses resultados, Carducci comentou:

— Interessante. Você já notou uma coisa?

— O quê?

— Que seus retratos são quase quadros?

— Bobagem.

— Mas são. Não percebe que, com isso, você volta a pintar? — E Carducci arrependeu-se de imediato, pôs o trêmulo indicador sobre os lábios: — Não responda. — Olhava-o, sério, batendo as pálpebras inflamadas. — Há coisas que não merecem ser ditas, ou por muito antigas ou por sem interesse.

# 8

Em pouco tempo a tia deu-lhe a notícia:
– Violeta está grávida.
Ele a procurou, atrapalhado:
– Parabéns.
– Obrigada.
Não falaram mais sobre esse assunto. Em Ancona isso de crianças sempre foi domínio das mulheres.

Chegou uma carta miraculosa da irmã mais velha, datada de cinco meses antes e escrita por um calígrafo. O sobrescrito trazia somente: "Sandro Lanari, Brasile", e vários carimbos, a começar pela embaixada italiana no Rio de Janeiro. Continha tragédias e maledicências. Os parentes morriam como moscas, e a mãe fora a última. Para azar maior, também morrera o pároco Tebaldi. O marido da outra irmã era chamado de corno pelos vizinhos. O pai, entretanto, vivia forte. Escandalizado com a romântica emigração do filho, nunca mais falara nele.

Dobrou a carta. Essas notícias, melhor nem saber. Pensou na mãe, e o nada que sempre fora, e como a apagara de si. Não se lembrava de seus traços, que agora eram apenas uma obesidade anódina a lamentar-se pelos cantos.

Muito tempo transcorreu depois desse dia.

Nascera a primeira filha, que Violeta submergiu em seu próprio mundo, feminino, misterioso e cheio de fitas e rendas.

Ele alcançava consideração. Deixara, enfim, de beber. Jogou no Guaíba a sua garrafinha:

— Adeus. — Teve recaídas, mas celebrou o primeiro ano de abstinência, e a partir daí foi exemplar em sua conduta.

Carducci mandava-lhe fregueses, que ele aceitava para não desagradá-lo. Afinal, Sandro conquistava mais clientes do que ele.

# 9

Em outubro de 1899, quando Violeta já dera à luz três meninas, Sandro foi convidado para ser o fotógrafo oficial da exposição da próxima passagem do século. Isso resultou num livro comemorativo, ilustrado por ele: ali está o novo Presidente do Estado, um homem pequeno, seco e tirânico, herdeiro político do predecessor. Fotografou-o na sua circunstância estadual, de chapéu gelot, a mão pousada sobre uma pilha de livros. Também há, nesse livro, fotos dos grandes industriais e comerciantes da época. Para embelezar a página de rosto, Sandro desenhou uma alegoria representando o *Comércio* e a *Indústria* como um casal de mãos unidas, tendo ao chão um recém-nascido segurando uma bandeirinha em que estava escrito: *Progresso*. As vinhetas, ele as delineou no frívolo estilo que perpassava o mundo, caracterizado por aqueles chicotes vegetais que se espiralam nas cercaduras das ilustrações.

Poucos estranharam ao ver, de um dia para o outro, a placa *Comendador L. Carducci & Lanari – Photographos*. Os sócios mandaram afixar também uma placa menor: *Photographias de casamentos, baptizados e primeiras-comunhões*.

# 10

Mas havia as tardes em que ele ia até o escritório do atelier, encerrava-se com tranca. Afastava o pano adamascado que cobria o pesado cofre, girava o disco da combinação de números e abria a porta como um sacerdote abre o sacrário.

De uma gaveta interna, retirava o envelope pardo em que mantinha a *Foto do Destino*. Olhava-a. Abismava-se em repulsa e fascínio na vertigem do instante em que o condenado olhava de frente o espectro da *Morte*: ela ali estava, estática, eterna em sua mortalha, filha do *Sono* e da *Noite*, empunhando sua foice.

Sandro então mergulhava no vórtice de um enjôo arrasador, do qual saía apenas ao fechar às pressas o cofre e ao rever seus livros de contabilidade e os balanços financeiros que lhe remetia o Banco da Província.

# 11

A associação com Carducci revelou-se mais útil do que imaginara. O fotógrafo possuía um extraordinário senso dos volumes, dando soluções interessantes aos problemas. Ensinou Sandro a bem utilizar os rebatedores de luminosidade, estabelecendo harmonia mais eficiente entre as texturas da pele, dos cabelos e dos tecidos. Mostrava-lhe, assim, a diferença entre a qualidade e a quantidade da luz. Não deveria entender como regra absoluta a centralização do modelo no campo de visão; mediante alguns exemplos, mostrou que o eixo vertical da foto poderia situar-se entre a pessoa e algum elemento do cenário. Revelou-lhe, também, como retocar os negativos, o que foi uma importante descoberta.

Sandro perguntava a Carducci:

— O que devo fazer para que as bordas das fotos não tenham essas linhas inclinadas para dentro?

— Fotografe um campo mais amplo. Para isso, é preciso usar uma lente com o ângulo certo — e Carducci ia até uma caixa, pegava uma lente, bafejava-a, limpava-a com o lenço — como esta.

Sandro empolgava-se com suas conquistas técnicas.

Se antes seus modelos saíam algo hieráticos, duros, notava-se agora certa naturalidade em suas poses. Achou por si mesmo um processo hábil para ocultar os retoques dos negativos: fotografava de novo a foto retocada, e o falso transformava-se verdadeiro. Tornou-se apreciado por afinar as cinturas das senhoras. Passou a cobrar caro.

Mas em alguns meses Carducci penetrava de modo irresistível naquela zona crepuscular em que os velhos já não se esforçam para nada. Passou a esquecer-se das proporções dos líquidos. Encontravam-no pelos corredores, as mãos enterradas nos bolsos do pijama. Exigiu que Sandro se dirigisse a ele em italiano, e em italiano eram suas explicações, que se tornaram breves e atarantadas. Tomava remédios a horas certas, e nisso tinha um rigor obsessivo: ficava olhando para os ponteiros do relógio, segurando o vidro da poção com a mão esquerda e, com a direita, uma colher. Era um homem perdido para a vida. Por isso, no estúdio, apenas Sandro fotografava. Com a passagem do tempo, os fregueses passaram a achar que suas fotos eram as mais modernas da cidade.

Saiu no *Correio do Povo*, debaixo do título "Notas Sociais":

*O Sr. Sandro Lanari, do próspero estabelecimento Comendador L. Carducci & Lanari, é o grande da fotografia na Capital do Estado; os resultados de seu talento podem ser vistos nos álbuns das pessoas da nossa mais fina sociedade que, assim, ornamentam suas casas com o que há de mais atual nessa bela arte. Seus retratos – no respeitado juízo do Bacharel Augusto Sobreiro, nosso assinante e notável colecionador –, com suas maravilhosas cores, fazem com que as pessoas foto-*

*grafadas pelo Sr. Lanari pareçam saltar do papel em que estão impressas e ganhar vida.*

Sandro estremeceu. Pousou o jornal na mesa. Aquilo lhe falava, fazia lembrar um fato. Era uma frase ressoando, como repetida por uma boca encerrada em seu passado. Então surgiu Paris, despontando do nevoeiro dos anos: ele chegava ao atelier de La Grange, arrebatado pelo retrato de Sarah Bernhardt, que vira pela primeira vez. Eram as mesmas palavras suas, naquele dia de exaltação, dedicadas a Nadar. Agora, sem provocação nem ardil, vinham ditas no jornal a respeito da arte dele, Sandro Lanari.

Baixou a cabeça, humilde. Estivesse numa igreja, ajoelhava-se.

Agora com a alegria da certeza, pensou na *Foto do Destino*. Já ali havia, nítida naquele rosto, a transcendência humana que ele, Sandro, intuía existir em si próprio. Aquela fotografia antecipara o dia de hoje. Nenhum fato ocorre por acaso. Os olhos molharam-se. Uma lágrima grossa pendeu na ponta dos cílios. Soube, então, que uma entidade maior e soberana o colocara naquele momento crucial da morte, com sua câmara.

Viu: a *Ocasião* e a *Verdade,* em vestes romanas, cada qual o levava pela mão a um caminho em que ao fim surgia Apolo conduzindo seu carro aéreo a atravessar os céus, e de onde saíam belos raios divergentes de luz.

Pensou numa idéia: ele bem poderia melhorar a *Foto do Destino*, colorindo-a. Sabia como fazer. Não seria uma idéia absurda.

O sangue latejava forte em seu crânio.

# 12

Certa vez ele lia o *Correio do Povo*. Violeta desfizera o coque e arranjava no vaso um ramo de crisântemos, e pareceu voltar-lhe o frescor do retrato de Sarah Bernhardt. O sol e o ar, ultrapassando as janelas abertas, tocavam em seus cabelos, agitando-os ao sopro de um vento arcaico. Suas pupilas se iluminavam, e os lábios arquearam-se numa contração de desejo. Ele se ergueu, molestado. Ela, sem notar, dera-lhe as costas para buscar uma tesoura no aparador. Ao volver-se e dizer "os caules eram muito longos", Sandro, apaziguado, suspirou: Violeta já mostrava seu frio rosto de marfim antigo e muito polido.

Isso nunca mais se repetiu.

# 13

No quente dia de janeiro em que um lagarto surgiu na Praça da Alfândega, assustando as crianças com sua língua bífida, Carducci amanheceu morto. Os doutores deram a causa: congestão cerebral. Todos esperavam por aquilo. Sandro fotografou-o em seu esquife. A viúva, ainda no velório, suplicou a Sandro que adquirisse os interesses do atelier. Ele aceitou. Em um mês arrematava o imóvel, mais as máquinas e materiais, bem como o direito ao uso comercial do nome Carducci.

Substituiu a placa por esta: *Sandro Lanari – Retratista. Sucessor do Comendador L. Carducci.* Todos que a viam, afirmavam: assim deveria ser a ordem lógica das coisas. Um ano depois, constava apenas o nome de Sandro.

Ao nascer a quarta menina, Violeta disse:

– Não quero mais filhos.

Sandro prometeu-se a si mesmo que iria perguntar a causa desse desejo, mas depois. Nunca chegou a fazê-lo.

Ele usava roupas mais dispendiosas e sóbrias. Comprou uma casa para residência na rua de Bragança, de dois pisos, com azulejos portugueses, e gradeados de ferro batido nas varandas do pavimento superior. Ele ali ficava com

Violeta nos finais de tarde. Acenavam para os passantes. A população comentava "eis uma família feliz". As quatro meninas, bochechudas, usavam tranças e vestiam-se da mesma forma. Eram muito parecidas. Sandro pensava, sem lamentar: "Não haverá mais ninguém com o nome Lanari querendo ser pintor".

Engordou ainda mais, e precisou usar suspensórios. Rapou a barba, deixando apenas os bigodes, loiros, aparados com uma tesourinha de Solingen. Em suas camisas bordava-se o monograma *SL*. Ia ao Theatro São Pedro, onde fizera assinatura na primeira frisa. Com o pequeno binóculo de madrepérola apontado para baixo, via a platéia. Bocejava. Ao abrir o pano, recolhia-se à sombra aveludada e musical do seu camarote.

Acordava-se com os aplausos, e aplaudia também. Depois do teatro, se fosse daquelas noites excepcionalmente mornas em meio ao inverno gaúcho, ia cear al fresco na esplanada que o Restaurant Bom Gosto propiciava aos fregueses habituais. Tinha prazer em enrolar no garfo lâminas transparentes de presunto de San Daniele, degustando-as com melão às talhadas e um macio vinho branco da Francônia.

Diziam que ele inventara um meio de fotografar que deixava as pessoas mais jovens. Era, contudo, o efeito da luz elétrica: o clarão amarelo da lâmpada recobria a cútis com o brando volume dos infantes. Ele deixava propalar-se a lenda.

Descobriu, entretanto, que quando os modelos expiravam o ar no momento da foto, mostravam sua interioridade; quando o inspiravam, mostravam aquilo que desejavam ser. Foi fácil utilizar esse recurso, dependente do momento. Tentou conversar com seus retratados antes de submetê-los à câmara, tal como Nadar fizera com ele. Mas eram diálogos tão sem resultado que ele eliminou essas preliminares.

Com as novas emulsões e o menor tempo de exposição, as pessoas podiam ser fotografadas em meio a um aceno. Um causídico fez-se retratar de toga, com o dedo em riste, como no júri. Já sorriam para a câmara. Lanari, no outro lado, mandava-as inspirar e capturava-as. Também trabalhava ao ar livre, nos piqueniques dos Moinhos de Vento. Fotografava pessoas no parque da Redenção e nas corridas de bicicletas no velódromo da Várzea: as mulheres-corredoras vestiam bombachas turcas presas aos tornozelos e pedalavam a tão baixa velocidade que podiam abanar para os assistentes.

Um possível percalço foram as câmaras Brownie nº 2A, recém-lançadas pela Eastman Kodak. Portáteis, qualquer um podia manejá-las, bastando apertar um botãozinho. Ao contrário dos colegas que ficavam lamentando a concorrência, Sandro importou um bom lote delas, e foi o primeiro no Brasil a colocá-las no varejo, com lucros de 500%. Seu grande trunfo, que lhe garantiu rendimentos permanentes, era o fato de possuir exclusividade na venda e revelação dos filmes de celulóide que a Brownie exigia.

Quase rico, vivia bem, e sobrava para colaborar com o Asylo da Mendicidade do Padre Cacique e ser o festeiro da Novena do Menino Deus.

# 14

— Onde está Violeta? – ele perguntou à tia, ao chegar.
— Você passou por ela, homem.
— Onde?
— Na sala.

Ele voltou sobre seus próprios passos, olhou. Lá estava, a bordar em seu bastidor de jacarandá montado num eixo móvel. Ele a tinha visto, agora se lembrava. Aproximou-se, disse-lhe que não tinha reparado nela.

— Não tem importância.
— O que você está bordando?
— Uma colcha. É em pintura de agulha.
— Bonito. Onde estão as meninas?
— Dormindo.

Ele aproximou a mão, no intento de acariciar os cabelos de Violeta. Quando ela o fitou, ele retirou a mão. Disse-lhe que iria jantar. Ela não o acompanhava?

— Preciso terminar esta parte do risco. Vou demorar.
— Então está bem – disse ele.

E saiu dali assobiando *La paloma*, sem se aperceber do olhar de serena tristeza e desencanto que ela lhe lançava às costas, e que a matava de hora a hora.

# 15

Chovia. Ele vinha pela rua da Praia, em direção de casa, o guarda-chuva aberto. Aquela tarde fora particularmente trabalhosa, pois estivera vigiando as reformas do estúdio. Os operários quebravam paredes para abrir espaço a três painéis refletores de luz. E ainda fotografara, em meio ao inferno de poeira e caliça, uma dama com seu cãozinho ao colo. A ela tivera de dizer, um dia antes "lamento, senhora, por sua imensa formosura, mas sou um homem casado". Mandara-lhe, depois, um ramo de rosas, que ela viera agradecer em pessoa. A foto, para ele, seria uma despedida; para ela, uma esperança.

Deteve-se, tomado por uma sensação de que evocava algo antigo, já vivido e perturbador. Poucos transitavam àquela hora, abrigados em impermeáveis e protegendo as cabeças com jornais.

Ao retomar o caminho, sentiu que a persistência de um olhar o perseguia. Parou de novo, voltou-se para o outro lado da rua.

Era o retrato a óleo de uma mulher, na vitrina da casa de molduras *A Popular*. Ao fundo do quadro, os campos do Rio Grande, em soberbos horizontes de luz e verde. Um rosto inesquecível.

Ia seguir, mas uma força quase mística o prendia.

Um jovem apareceu à porta. Atentou para Sandro Lanari e, pela expressão, reconhecera-o. Sandro encolheu-se: ele já vinha em sua direção.

— Boa tarde. — E o jovem disse o nome e convidou-o para entrar, para ir ver mais de perto o retrato. Era o autor. Sandro ouvira falar dele no jornal. Voltava da Itália, de uma bolsa de aperfeiçoamento em artes.

Reticente, Sandro consentiu. Já na loja, fechou o guarda-chuva. O jovem foi buscar o retrato.

— O que acha?

Em tudo havia a mão que ele, Sandro, tanto procurara. As pinceladas, perceptíveis mas leves, arejavam os espaços entre o modelo e a paisagem. A mulher sorria, e das pupilas saía uma centelha de atrevimento. Não se assemelhava a ninguém, não era ninguém. Vivia uma existência única, independente do modelo que a inspirara. Mas a presença do autor estava ali, e não somente na textura provocada pelo pincel, mas na intenção de quem pintava.

Sandro perguntou, de modo automático:

— De quem é esse retrato?

O jovem olhou-o com uma ponta de estranheza:

— Isso importa?

— Afinal, é um retrato ou não é?

— É.

— Então: se é um retrato, deve ser o retrato de alguém — Sandro impacientava-se.

– Essa mulher não existe na vida. Existe no meu quadro.

Sandro recuperou-se:

– Ah... então é uma fantasia artística.

– Ao contrário, é uma verdade. Se o senhor quiser, posso até dar um nome a essa mulher, assim como os pais dão nomes aos filhos. Digamos: Flora. O que acha? Pintei o retrato de Flora. Precisa de um sobrenome? das Mercês. A partir de agora, ela se chama Flora das Mercês. O senhor está satisfeito? O que mudou?

O rosto de Sandro abrasou-se de um calor sangüíneo. Seus dedos crisparam-se no cabo do guarda-chuva.

Interveio o risonho Melo, gordinho, o dono da loja: – Olá, temos conversa inteligente? Dois artistas trocando idéias? – Olhou para um, olhou para o outro. Ante o mutismo hostil, perdeu a graça, olhou para a rua: – E essa chuva que não passa...

– Já estávamos nos despedindo, mesmo – disse Sandro. Apertou a mão do pintor. – Até mais. Muito prazer. Até logo, Melo. – Na porta, estendeu a mão para fora: – Continua chovendo.

Em dez minutos chegava em casa. Aguardava-o um arquiteto com diversos rolos de plantas. Trabalharam até as dez. Despediram-se com um exausto "até amanhã".

Violeta encontrou Sandro noite avançada, sentado frente ao lampião.

– Está frio, aqui. Você está com as mãos geladas.

– Estou.

Ele foi para o quarto, deitou-se. Virava-se na cama. Esteve de olhos acesos até que uma tira de luz moveu-se

| 169

pela parede. Dormiu então, à idéia de que no seu cofre, na escuridão e silêncio de uma gaveta, jazia a *Foto do Destino*. Era a segurança de sua arte, de sua humanidade, de sua verdade. Ninguém fizera aquilo antes, e ninguém jamais o faria. Preocupava-se com o quê?

Ao acordar-se, e eram dez horas, sentiu-se afortunado com sua nova manhã, que era de sol e de uma leveza que abstraía a materialidade das coisas. O vento austral levava embora as nuvens, e viam-se abertas de azul. Tocou o alegre sininho em forma de camponesa, alertando a empregada. Sentou-se e, com os pés, procurou os chinelos. Calçou-os. Vestiu o robe, amarrando-o à cintura com os cordões de seda.

A primeira atenção foi às torradas, crocantes, gotejando manteiga no prato de porcelana, e cujo aroma já sentia.

Gostava-as assim, e assim eram-lhe servidas todos os dias.

# 16

Então recebeu um telegrama do cônsul da Itália, comunicando-lhe a morte de Curzio Lanari. Além de lamentar a "morte desse artista em tão veneranda idade", ponderava-lhe que deveria desembaraçar com urgência as questões da herança. Sandro ficou com o telegrama na mão, olhando para fora.

O desconforto de uma viagem não estava em seu futuro próximo, ainda mais por esse motivo. Via-se tratando com morosos tabeliães, com os cunhados rixentos, com as irmãs velhas e chorosas, com os sobrinhos ávidos por dinheiro. E em especial, teria de rever o cenário da juventude.

Mas bem pensado, sua vida precisava completar-se. Ficara para trás uma pergunta para fazer a seu passado. Se obtivesse a esperada resposta, sua inteira existência ganharia um coroamento. Não seria inútil nenhum dos episódios em que se envolvera, e viriam a integrar-se numa lógica insuperável.

Reconsiderou: iria viajar, sim, mas como pretexto para uma escala. Depois disso, seria feliz por inteiro.

# 17

Duas semanas depois, no cais fluvial, ele se despedia. Pressentiu um véu no olhar de Violeta, algo que, doloroso e funesto, o inquietou. Mas as meninas estavam felizes, chamavam-no. Divertiam-se com uma senhora que levava um gato persa metido numa gaiola de bambu. Sandro prometeu a elas que na volta lhes daria um gato igual àquele.

Ao som da sirene, ele caminhou pelo portaló ao navio *Pátria,* que o levaria ao porto de Santos. De lá, embarcaria rumo à Europa.

Abanou da amurada. Àquela distância não se identificavam mais os rostos.

Depois de ultrapassarem o Equador, no convés de cima, ele explicava aos viajantes brasileiros onde estava situada a estrela Polar. Apontava-a.

Via-se, emergindo da manga do seu casaco, o punho duplo, impecável de brancura, preso por uma abotoadura de puríssimos brilhantes que cintilavam à luz da embarcação.

# 18

Ao chegar ao endereço da rue d'Anjou, estranhou que estivesse fechado. Uma velha à janela disse-lhe que o Mestre fora para Marselha. Madame Nadar ficara enferma e precisava dos ares do Sul.

Sandro agradeceu. A velha olhou-o e fechou a janela.

No sábado à tarde ele empurrava o portão de uma amena villa na rue de Noailles, em Marselha. Com suas mansardas aparentes sobre o telhado de cobre e seu jardim geométrico, ora depósito de latões enferrujados e caixotes, era uma visão ambígua de fausto e declínio.

Estava frente à porta. Puxou a sineta, que soou distante e abafada, indicando um amplo interior de conforto. Um galgo sinuoso veio cheirar-lhe os sapatos. Ele o afagou, leu a plaquinha ao pescoço: Boris.

Incomodava-se com aquele odor de maresia que às vezes inunda a cidade. Por coincidência, dali embarcara para o Brasil.

Uma criada de touca veio atender pela portinhola. Ela comprimiu os olhos, ajustando-os à luz intensa de agosto. Perguntou-lhe o que desejava. À resposta, moveu a porta. Ralhou com o cão, dizendo "passa fora, Boris".

A sala dava a impressão de que fora mobiliada pelo anterior residente. As sólidas cortinas de brocado, mesmo no verão, conferiam à peça um quieto matiz outonal.

Um calafrio correu pelo estômago: enxergava, na parede, Sarah Bernhardt. Encarcerada no tempo, com a excitante vitalidade da juventude a explodir por todos os poros, Sarah olhava para ele, para sua gordura, para a superficialidade daquele chapéu enfeitado com uma pena, para o cordão de ouro do seu relógio, para seus sapatos bicolores.

A criada pedia-lhe:

— Por favor, dê-me o chapéu. Sente-se.

Sentou-se. Numa porta havia o cartão: "Estúdio". Um bicho cruzou nas sombras da casa. Na parede, ao lado de Sarah Bernhardt, para onde a atenção de Sandro se atraía, estava o diploma da medalha de ouro da Exposição Universal. Junto, uma antiga foto do Mestre, a bordo do *Le Géant*. Tamborilando sobre os joelhos, Sandro queria evitar Sarah Bernhardt. Tentava controlar os batimentos desordenados do peito. Sentia calor. Havia, ao pé do sofá, uma almofada oriental com desenhos de flores.

Ouviu um arrastar de chinelos. Num susto, ergueu-se.

Era Nadar.

Os cabelos brancos e ainda abundantes faziam conjunto harmonioso com as excessivas rugas. Usava um robe de chambre azul, debruado em cetim amarelo. Os óculos, com finos aros de ouro, tinham as lentes sujas. Indagou, sem expressão:

— Boa tarde. O que deseja?

A figura era esmagadora. Sandro balbuciou:

— Boa tarde. Quero que me faça um retrato. Sou estrangeiro.

— Se é para passaporte, vá na esquina. Lá eles tiram de frente, de perfil, e também põem data. — E Nadar lhe dava as costas.

— Não, Mestre. Quero um retrato artístico.

Nadar voltou-se. Fixou-o com atenção. Sandro julgou que ele o reconhecera.

— E o senhor sabe o que é arte? Sentemo-nos. Elvira, traga-nos chá. Como é seu nome? Ah, italiano. A arte, meu caro Senhor Lanari, é a única filosofia que pode explicar a natureza humana. — Fez uma pausa, respirava mal. Ouviu, atento, o que Sandro lhe disse. Depois: — Não, senhor Lanari. A arte não existe sem a humanidade do homem que a cria, e a humanidade de quem a vê. Não é tão fácil dizer: "Quero um retrato artístico". Está me entendendo?

— Não.

— Naturalmente.

— O que sei dizer é que seus retratos são magníficos.

— E apontou: — Esse, dessa atriz, é maravilhoso.

Nadar voltou-se, olhou.

— "Maravilhoso", diz o senhor? Esse é um critério leviano. A questão é saber apanhar o caráter moral do modelo: isso é arte. Ouça: eu jamais conseguiria essa foto se, antes de ser fotógrafo, eu não fosse ser humano. O resto é para divertir ou ganhar dinheiro.

A voz de Sandro Lanari saiu num murmúrio:

— Por isso eu imploro que me faça uma foto.

Nadar não respondeu. Assim ficaram até que Elvira trouxe o chá numa bandeja de prata.

— Beba, senhor Lanari.

— O senhor vai me fotografar? — Sandro pegava a xícara.

— Antes quero convencer-me de que *eu* — e Nadar sublinhou o pronome — precise disso. Posso dar-me ao luxo de fotografar quem eu quiser. O senhor sabe que no ano passado fotografei Ranavalo, a rainha deposta de Madagascar? Ela desviou um navio para vir aqui. — Investigava o espírito de Sandro: — O senhor, se ocupa de quê?

— Sou fotógrafo.

— Ah... — e Nadar fez um sorriso de sarcástica constatação: — Um colega!

E Sandro falou por mais de uma hora. Contou-lhe seu nascimento em Ancona, a tentativa de aprendizagem em Paris, a vida no Brasil, seu andar pelo pampa. Falou sobre a revolução, foi forte em narrar as cenas cruéis, a degola. Depois, descreveu seu estúdio de Porto Alegre. Em todo esse tempo, sempre tivera Nadar como único Mestre. Omitiu que já fora fotografado por ele.

Declinava a luz do dia. Elvira viera com mais chá. Nadar então disse:

— Pelo que percebo, o senhor trocou o retrato pintado pelo retrato fotografado. E está rico. E tem pretensões de artista. — Nadar apoiou as mãos sobre os braços da cadeira. — Isso me interessa. Vamos à foto. — Seu rosto fazia-se quase amável. Levantou-se. — Passemos.

O estúdio estava às escuras. O Mestre, com gestos vacilantes, ligou a lâmpada que se pendurava na ponta de um fio retorcido.

— Já não precisamos do sol. Sol, só para aquecer os velhos. Sente-se aí. Assim está bem. — E ligou dois refleto-

res, que fizeram Sandro franzir o rosto. Moveu-os até obter uma iluminação que o satisfez. Encaixou a chapa na câmara. – Sorria. O riso lhe cai bem.
Foi para trás da câmara e, com uma pêra interruptora na mão, fez o clic. Sandro ainda sorria.
– Já o fotografei. Pode ficar sério.
Na câmara de revelação, contígua ao estúdio, Nadar ligou uma luz vermelha. Pôs luvas de borracha. Com esforço segurou o peso de um garrafão cheio e despejou o líquido no tanque. Mergulhou a chapa. Não conseguia mantê-la dentro do revelador.
Sandro pediu-lhe permissão para ajudar. Tirou o casaco. Não usou luvas. Trabalhou com delicadeza, na celebração de um ritual. Revelou e copiou do negativo. Nadar o observava.
– Agora é esperar pela sua alma, senhor fotógrafo.
Sandro via a imagem que emergia do papel. Reconhecia seu sorriso, mas era o sorriso do Outro. Veio-lhe a indisposição que sentira anos atrás, quando em Paris abria o envelope com aquele seu primeiro retrato: agora estava, entre suas mãos, aquele mesmo olhar.
O Mestre pegou a foto com uma pinça e a mergulhou no fixador. Depois de um pouco, lavou-a com água, prendeu-a num fio de arame. Ligou a luz branca.
Sandro olhava para a foto. Nadar veio por detrás:
– Bela foto tirei.
– Mas...?
Nadar tomou uma lente redonda e chegou-se perto da foto. Sandro teve uma cólica seca:
– E então?

Lá de fora, da rua, vinham sons vagos de verão alto: a corneta de um sorveteiro, os latidos moles de um cão.

Nadar ainda examinava a foto:

– Como eu pensava. Um tolo. – Recolheu a lente. – Pode ficar com a foto. É sua. De graça.

Vieram para a sala. Sandro fervia de ultraje. Estavam de pé. Sarah Bernhardt surgia por sobre o ombro de Nadar.

Era a ocasião que Sandro esperava:

– Trouxe uma fotografia artística de minha autoria para o senhor ver. – E tirou do bolso a *Foto do Destino*. – Veja, isso foi na revolução do Brasil. – Respirava forte. – Eu, o tolo, sei captar a alma dos meus modelos. Veja esse condenado, veja a alma dele.

Nadar olhou, repugnado:

– Isso não é arte. Isso é um ato de barbárie. – Sua atitude, naquele corpo fraco, adquiria um vigor improvável. – Antes tivesse socorrido esse infeliz, em vez de tirar fotografias. – O Mestre tinha os olhos ardentes: – Fotografar condenados à beira da morte é um ato imbecil e torpe. Para captar a alma de alguém, é preciso que seja o homem por inteiro. Aí teremos arte. E só possuindo uma alma se é artista. – Sandro recuava. Nadar dava um passo à frente. – E saia daqui, e nunca mais apareça. Elvira, devolva o chapéu a este senhor e conduza-o até o portão.

Na soleira da porta, Sandro parou. Inchado de raiva, amassava a aba do chapéu. Gritou para dentro, a voz sufocada:

– Ora! O senhor, quem pensa que é?

– O que sempre fui: Nadar.

# 19

Nessa noite, Sandro Lanari viajava no trem para a Itália. Ocupava, solitário, uma cabina. Lá fora corria a paisagem invisível. Pôs a mão no bolso direito do casaco, apalpou a *Foto do Destino*. Pegou-a. Levou os óculos para cima. Na pouca luz viu-a mais uma vez.

O olhar do condenado ainda estava ali, eterno em sua agonia. Ali, visível, o drama no limiar do eterno. E ele, Sandro, ele gritara: "não!", e seu grito cristalizava-se naquele rosto. Ele, Sandro, fora humano. Não seria Nadar, mais pertencente à morte do que à vida, a dizer o contrário.

Ele sabia o que fazer com a foto: na volta a Porto Alegre, iria ampliá-la, dar-lhe um belo colorido e exibi-la na vitrina do seu estúdio. Recolocou-a no envelope, fechou-o, acomodou-o no bolso. Pegou-o de volta. Verificou se não ficara amarrotado. Voltou a colocá-lo no lugar. Só viria a abri-lo no Brasil.

Do outro bolso tomou seu retrato feito por Nadar, olhou-se. Ficou minutos em contemplação. Naquele dia de seu passado em Paris, quando viu a foto que Nadar lhe fizera, julgou-se um homem aniquilado. Hoje entendia tudo, obtinha a sua resposta: por abjeta arrogância intelectual, Nadar pervertia a verdadeira psicologia de seus modelos. E por também arrogância não reconhecia a ninguém o direito de lhe fazer sombra.

E então, com vagar e método, rasgou o retrato em quadrados, em triângulos; depois, em partes muito pequeninas. Abriu a janela e foi jogando fora, pedacinho a pedacinho. O ar trazia o perfume resinoso dos pinheiros e dispersava os fragmentos, que voavam como mariposas naquela noite perdida. No final, bateu as mãos uma na outra, como quem se limpa. Nadar, enfim, saía de sua vida.

Recostou-se, depois. Fechou os olhos. Pensou em sua casa com varandas de ferro, pensou em seu estúdio bem-freqüentado, pensou na dócil Violeta, nas filhas. E veio o sono, embalado pelo ritmo das rodas percutindo nas juntas dos trilhos. Quando entrou o funcionário do trem pedindo o bilhete, ele acordou.

– Quanto falta para Gênova? Tenho uma conexão para Ancona.

O funcionário obliterou o bilhete, devolveu-o, puxou o relógio:

– Duas horas e dezoito minutos.

Sandro acomodou-se melhor:

– Obrigado. Falta muito.

– Sim, meu senhor. Pode dormir sossegado. Com licença. – O homem bateu os dedos na pala do quepe. Ao sair ainda olhou para o passageiro. Nunca vira alguém voltar a dormir tão rápido, e de modo tão feliz.

Fechou com suavidade a porta da cabina.

De manhã, os meninos que jogavam bola às margens dos trilhos recolheram algumas frações avulsas da foto de Sandro Lanari. Levaram-nas a seu velho professor, de boné e cachimbo com fornilho de roseira, que estava sentado num banco da gare, aproveitando o último domingo antes do recomeço da escola. Ajudado pelas crianças, ele ensaiou uni-las sobre o assento do banco.

Após várias tentativas, disse:

– É o retrato de um homem, mas é impossível formá-lo por inteiro. Faltam muitos pedaços, muitos... – Fez um gesto envolvendo toda a paisagem – devem estar por aí... – e com olhos de sábio, olhos que tanto viram e tanto amaram, percorreu a solidez terrestre dos campos e o devaneio infinito das nuvens.

*Escrito em Porto Alegre e Gramado, entre março de 1998 e março de 2001.*

*Ninguém consegue escrever um romance, em especial os que envolvem conhecimentos especializados, sem a ajuda de competentes e generosas pessoas. Para minha felicidade, elas existem e estão próximas a mim. Por motivos evidentes, entretanto, é impossível particularizar a qualidade e a intensidade desses auxílios. Quero, então, na figura do meu amigo fraterno, Sergio Faraco, grande escritor e unanimidade afetiva e intelectual entre nós, homenagear a todos que percorreram comigo o itinerário que conduziu* O pintor de retratos *ao resultado que o leitor tem em mãos. Sou-lhes imensamente grato, o que escreverei nos exemplares que lhes forem destinados.*

L. A. de A. B.

IMPRESSÃO:

**GRÁFICA EDITORA**
**Pallotti**
IMAGEM DE QUALIDADE

Santa Maria - RS - Fone/Fax: (55) 3220.4500
**www.pallotti.com.br**